Character
Cedric
U0005917
塞德里克・狄亞洛斯
北之國王儲－雙性體徵
「如果是為了道謝，用吻可不能打發我。」
Northern Empire
Crown Prince & Dragon Knight

Character
Quentin Nestor
「即使是現在，聽著你的心跳，
我都還會懷疑這一切是不是我的妄想。」
北之國王儲夫婿－龍騎士
昆汀・奈斯特
Northern Empire
Crown Prince & Dragon Knight

Presented by
Moscato with Watermother

北之國　王儲與龍騎士

volume two

Quentin Nestor × Cedric Diallos

CONTENTS

VOL.TWO

Northern Empire
Crown Prince & Dragon Knight

Quentin Nestor × Cedric Diallos
NORTHERN EMPIRE
第
11
章
Northern Empire
Crown Prince & Dragon Knight

「好了，出發吧。」確認必要的用品已經裝載妥當，塞德里克俐落地翻身上馬。

「殿下！」然而馬匹才剛起步，就聽見急切的男聲響起，一抹人影匆忙擋在塞德里克的去路前方，「請允許屬下隨同護衛，此次出使意外頻傳，我擔心會再有不軌之徒對殿下不利，望殿下成全。」

垂下眼簾，塞德里克望向單膝跪地的康納，「不了，我們打算輕裝上路，人員越精簡越好。」

「可是殿下——」

塞德里克擺了擺手，直接打斷男人未完的話頭，「不用擔心，護衛的任務有昆汀在。隊伍和那幾具屍體就交給你了，循著原路把他們完好無損地帶回坎培紐城。」

「是。」

交代完畢，塞德里克沒有理會康納語氣中的不甘願，策馬繞過男人，腳下稍稍使勁輕蹬馬腹，控制胯下的坐騎加快步伐。

直到遠離眾人的視線範圍，塞德里克這才勒馬放緩速度。兩匹馬默契地並肩而行，率先發話的是昆汀，「我還以為你會同意他同行。」

聽聞此話，塞德里克不可置信地看了昆汀一眼，確認男人並非在開玩笑時聳了聳肩，「只能說你的猜測讓我相當震驚。」

「前幾天都是康納鞍前馬後地伺候，關於那個古梟會也還沒討論出結果，所以我以為——」

「不久前你才警告我不要輕信他人，現在就忘了？」塞德里克沒好氣地瞪了褐髮的龍騎士一眼，「把康納放在眼皮下只是為了監視他，既然都要兵分兩路，又何必留個需要時時提防的麻煩在身邊。」

「言下之意是我獲得了陪伴殿下的殊榮？」

「分明是某人死皮賴臉說要幫忙，我才勉為其難帶上。」即使真相讓昆汀一語道破，塞德里克也沒打算承認，逕自驅使哈茲奔跑，好遠離後頭喜上眉梢的男人。

「離開營地前我看到信鴿帶著米菈和巴羅一起回來了，有什麼進展嗎？」

「父王收到消息後就開始調查尼古拉公爵，從他在王城的宅邸搜出不少證據。東西都擺在眼前了，尼古拉根本百口莫辯。」提及正事，塞德里克的神色嚴肅不少。

自從綁架意外後，他特意吩咐在原地停留將近一週，除了讓受傷的人們休養生息，也是在等送回北之國的信鴿返程。

「看來古梟會真的和他脫不了關係。那其他人呢？」

「和預期的差不多，多數貴族選擇緘默，只有極少數貴族試圖幫尼古拉說話，但也有人主張需要斬草除根。」

「是那個什麼貝倫特？」

「確實是以他為首的那些人。尼古拉是底蘊深厚的古老家族，名門貴族難免心高氣傲，時常公開反對父王的政策。至於貝倫特則是經商發跡的新興家族，雖然家財萬貫，但在那些大家

族眼中還是上不了檯面，所以大多藉由攀附王室拉抬自身。雙方本就理念不合，趁機落井下石並不奇怪。」塞德里克皺緊眉頭，一邊為昆汀解釋，一邊試圖釐清思緒。

「聽你這麼一說，尼古拉的嫌疑似乎更大了。」

「不過我總覺得哪裡不對勁，所以打算去尼古拉的封地岡鐸城看看狀況。」搖了搖頭，塞德里克無法以言語形容籠罩心頭的那股情緒，彷彿迷霧一般令人心生不安。

昆汀隨著塞德里克日夜兼程趕路，道別隊伍的一週後，終於聽聞領路的年輕王儲發話：

「我們到了。」

「這裡就是岡鐸城？」兩人停在城外道路上，昆汀望向即將抵達的目的地。比起途徑的地區，這座城的地勢相對低矮，除了西側有座丘陵，放眼望去全是綠油油的平坦麥田，不難看出是個農業發達的豐饒地區。

「不是。」

「咦？」

「岡鐸城在更北方，這裡是葉尼城。」

「所以我們是來補給的？」昆汀困惑地揚眉。

「不，我們是來探路的。」不等昆汀追問，就見塞德里克狡黠地眨了眨眼，「葉尼城是尼古拉長子安東尼的封地，因為距離王城較遠，即使父王下令搜查也需要時間，所以我們先悄悄來看看。」

怎料看似穩妥的安排，在兩人踏進葉尼城後馬上被迎面而來的盛大隊伍打亂。

「兩位是塞德里克殿下和昆汀殿下對吧？」發話者是名管家裝扮的中年男子，後方排列成兩行的侍者足足有十多人。

「你是？」

「在下是伺候安東尼男爵的管家，恭迎塞德里克殿下、昆汀殿下蒞臨。」

「恭迎塞德里克殿下、昆汀殿下蒞臨。」中年管家話音剛落，後頭侍者整齊劃一的口號便同時響起，無預警的昆汀一時間被這般大陣仗震懾得有些茫然。

「男爵閣下已在城中恭候多時，兩位一路顛簸辛苦了，請隨我來。」

一行人浩浩蕩蕩經過農田、屋舍和市集，沿著斜坡而上，進入有些歷史痕跡但依舊雄偉的石砌城堡，最後在接待室停下腳步。

「請二位殿下再此稍待片刻，喝杯茶潤潤喉，男爵隨後就到。」

「你去忙吧。」

管家才一離開，昆汀隨即與塞德里克對視，沉默地交換一記心照不宣的目光。密訪不成反倒被奉為座上賓，如此發展任誰都始料未及。

昆汀來到窗邊看了外頭修剪整齊的庭院幾眼，接著繞至左側，在偌大的畫像前駐足。

「那是先祖，以驍勇善戰聞名，為開國的陛下打下不少城池。這座葉尼城也是當時修築的冬季行宮，可惜如今有些年頭，是我們這些後輩保養不力。」突然間陌生的男聲響起，隨著循聲回頭映入眼簾的是名年近四十的男子，五官輪廓與尼古拉公爵有幾分神似。

「相傳葉尼城環境清幽，今日有幸拜訪果然名不虛傳，橘紅的尖頂屋瓦與白牆相互映照，待到麥田收成時，黃澄澄的一片必定美不勝收。」

「殿下謬讚了，二位的到來才是令寒舍蓬蓽生輝。」

「男爵客氣了，只是我有一事不解。」

「殿下是想問父親的事？我不相信父親會做出不利陛下的事，這必定是有人惡意誣陷。殿下可以在城內任意搜索，以證父親的清白。」

聽聞安東尼的話，清楚兩人來意的昆汀心頭一跳，下意識望向塞德里克。

「別緊張，我的疑惑與公爵之事無關，更何況陛下尚未做出決斷，妄自揣測只是徒增煩惱。」

「多謝殿下提點。那麼殿下想知道什麼？我必定知無不言。」

只見塞德里克四兩撥千斤地帶過話題，看似成功安撫安東尼激動的情緒，昆汀這才放下心來。

「我發現城中的麥田有部分遭到破壞，看起來像是人為所致。」

「說來慚愧，這半年來葉尼城打劫案件頻傳，那群猖獗的盜賊三不五時就侵擾居民，造成嚴重損失。」

昆汀眉頭一跳，不自覺重複男人的話，「盜賊？」

「那群盜賊以芬尼山為據點，我屢次組織城裡士兵入山掃蕩，卻都鎩羽而歸。今日殿下來得正好，就厚著臉皮向您尋求協助了。」

「平亂失敗的原因是什麼？」

「芬尼山溼氣濃重，終年雲霧繚繞視線不佳，入山平亂的人馬每次剛追蹤到蛛絲馬跡，馬上又被這群狡猾的盜賊逃脫。」

「這幫盜賊竟如此膽大妄為，屢次侵擾無辜百姓，我一定不會袖手旁觀。只是此事還需從長計議，還望男爵再給我們一些時間。」

昆汀不懂迂迴曲折的利益糾葛也不想懂，原先只是塞德里克與安東尼談論的話題涉及熟悉的領域才上心聆聽，不料一個陌生的字詞傳入耳中，輕而易舉地點亮名為雀躍的情緒。

「我們」，一個再簡單不過的平凡用語，昆汀從沒想過竟會如此動聽如此擾動心湖。

「抱歉是我思慮不周，先讓人帶兩位殿下去樓上客房安頓，待休整過後再行商議平亂。我已吩咐下去為我們葉尼城的貴客準備了一場晚宴，殿下可要賞臉啊。」

「那是當然，我可是受夠了餐風露宿的克難生活，久違的美酒佳餚真讓人期待。」

一人健談可親一人熱情好客，塞德里克和安東尼看上去一見如故，冗長客套的寒暄好不容易暫告一段落。他們隨著侍者來到位於三樓的偌大客房，關起門來，昆汀總算有機會與男人獨處。

他望向斜倚在長椅扶手的塞德里克，壓低聲量，「你相信他說的話？」

「不能盡信，也不是完全不信，盜賊一事還要找機會多方了解情況。至於古梟會，我明天會要求參觀城堡，到時再藉機探探虛實。」

昆汀沉聲應道，只是沒想到看似容易的安排，執行起來卻困難重重。

安東尼為昆汀和塞德里克安排了兩名侍者，不論兩人走到哪全都寸步不離地跟著，擺明打著伺候的藉口以達到監視目的。

昆汀好不容易在塞德里克掩護下成功暫時脫身，原想著溜出戒備森嚴的城堡或許能獲得較多資訊，怎料居民面對詢問，一個個神情惶恐目光閃爍，支吾其詞的反應顯然很是不尋常。

更讓他們起疑的是走在葉尼城街道上，不論是行人、農民或攤商清一色都是男性，鮮少有女性、孩童或上了年紀的高齡者。

†

轉眼幾日過去，一無所獲的兩人總算找到突破口，發現侍者會下意識迴避昆汀和塞德里克的親暱舉動，即使因為安東尼命令無法離開，仍會不自覺拉開距離。

利用這點，塞德里克提議演出一齣激情大戲，開幕地點刻意選在人來人往的廊道，摟摟抱抱的兩人一路跌跌撞撞，相熨貼的唇瓣吻得難分難捨，進入客房時還將門板甩得震耳欲聾。

沒有第三者的視線，前一秒如膠似漆的兩人隨即默契地拉開距離。

「唔，哼快……」只見塞德里克一邊利用房內的桌椅製造碰撞聲響，一邊吸吮手臂持續發出接吻時的曖昧水聲，以取信守在外頭的侍者。

「里奇，里奇你……好美……」昆汀自然也沒閒著，嘴裡說著情到濃時的囈語，手上三兩下扯下床單、被褥，和窗邊的酒紅色布幔捆綁打結盡可能增加長度。

他將布條的一頭固定在床腳下，推開窗戶確認外頭四下無人，便將簡易的垂降繩拋出窗外。回頭給準備妥當的塞德里克投去一記眼神，昆汀便拉著布條動作俐落地翻出窗外。

礙於布條長度有限，昆汀無法做出滑軌，僅能依靠手臂的力量控制下降速度，最後在距離地面約莫六英寸的位置一躍而下。落地後他顧不上拂去沾上衣褲的塵土，連忙對塞德里克展開雙臂，「跳下來，我會接——」

沒料到話都還沒說完，塞德里克就已經鬆手。一切快得出乎意料，昆汀醞釀滿腹的說詞根本來不及說出口，身著暗紫衣物的白金色身影便穩穩地落入懷中。「你怎麼……」

「走啊，還發什麼呆？」

胸口由於不知名的原因湧上暖意，被信任的重量很輕也很重，熱呼呼的，輕而易舉在昆汀嘴角邊漫出一彎傻笑。

成功甩開如影隨形的跟班，兩人小心翼翼避開城堡內遍布四處的耳目溜進馬廄，牽出坐騎。載有昆汀與塞德里克的馬匹一路毫無保留狂奔，企圖趕在行蹤曝光前進入芬尼山，既是為了一探究竟也是為了躲避追兵。

兩人沿著山道向上，不多時就如安東尼所言，視覺感官被白濛濛的霧氣遮蔽，快速奔馳的馬匹被迫慢下來，頻頻發出不安的短促噴氣聲。

昆汀在窸窸窣窣的響動中闔上眼，任由漆黑遮蔽四周影響判斷的畫面，藉由聽力清楚捕捉到數道人影竄動的軌跡。他翻身下馬，把手搭在劍柄上沉聲說道：「有人來了，至少六個──不，七個人，他們在觀察。」

「等等，別動手。跟他們走，他們是唯一能告訴我們實話的人。」

聞言昆汀雖虛垂手臂，卻沒放下警戒。雙方不知僵持了多久，越發聚攏的敵方總算逼近跟前，他想也不想便將塞德里克護在身後，「我們跟你走。但要是敢碰他一根寒毛，我會讓你們後悔，絕對會。」

不知是否昆汀的恫嚇起了作用，來自後方的箝制雖然粗魯，卻沒有趁隙偷襲的小動作，態度堪稱禮遇。雙眼被深色布條蒙上的兩人被安置在馬背上，跟隨一行人顛簸著繼續向前。

缺少一種感官的同時，另一種感官便會補償性地變得更加敏銳。昆汀繃緊神經，試圖分辨行進的方位和距離。約莫三十分鐘後，屬於大自然的蟲鳴鳥囀逐漸被細碎的人聲取代，馬匹終於慢了下來，顯然已經抵達盜賊的據點。

突然間熙熙攘攘的喧嘩響起，那是兒童特有的清脆嗓音，「老大、老大，你們回來了！」「老大這次又帶了誰回來？」

「去去去，小孩子別擋著路。」

雖有人出聲驅趕，但似乎效果有限，孩子們依舊嘰嘰喳喳地圍在四周，「咦？他們穿的衣服好眼熟，是在哪裡看過呢……」

「我想起來了，是領主的客人！」

「你們幾個小毛頭去別的地方玩。」

「好啦。」

「老大等等要和我們一起玩喔，我已經會用樹葉吹出聲音了！」

聽聞孩子蹦蹦跳跳的腳步聲漸行漸遠，馬匹再次邁開步伐，不過很快又停下，原先嘈雜的聲響靜了不少。

「把他們臉上的布條拆了。」

幾秒鐘後，昆汀終於重見光明，隨之映入眼簾的是寬敞的空地和幾棟樣式簡陋的木造房屋，周圍則聚攏了不少年紀各異的男男女女，一個個面露好奇。

「自己能下馬吧？還是這點小事也需要人伺候？」

昆汀下意識望向出言諷刺的渾厚聲源，那是名蓄有落腮鬍的中年男子，說完也不等兩人回應，逕自走到數人前頭，看上去應是這幫盜賊的首領。

以雙手被綑綁的姿勢滑下馬背，昆汀連忙上前攙扶塞德里克，「還好嗎？」

兩人無聲對視一眼，沉默地跟在男人後方穿越木棧道，最後被領進一棟還算寬敞的木屋。

裡頭堆放了不少生活用品，還有許多充當桌椅的大酒桶。

「敢問閣下如何稱呼？」即使受制於人，塞德里克的態度仍舊不見畏怯，目光直勾勾盯著為首的中年男子。

「什麼閣下，我就是個獵人，叫里昂。你們看起來不是葉尼城的人，為什麼要上山？」

「我們是安東尼男爵的客人，聽說芬尼山精緻秀麗，所以慕名而來。」

「別裝了，你們既然是領主的客人怎麼可能獨自跑到山裡？」

「我們自然另有目的。」

「果然是領主派來的吧？」

里昂話音剛落，就見屋內數人紛紛握緊手邊武器，神情慌張儼然已進入備戰狀態。然而這些面色黝黑、身形乾癟的男人，與其說是打家劫舍的盜賊，更像是平日在太陽下辛勤耕耘的農民，刀劍拿在手中根本不及鋤頭來得順手。

相對地，身後背有長弓和箭筒的里昂身材壯實，步伐也比其他人穩健許多。那是久經鍛鍊的特徵，但男人的氣質明顯與騎士不符，應該確實如其所言在成為盜賊前是名獵戶。

「是因為有些事情想請教諸位，所以特意來訪。」

「老大別相信他的話，他們兩個穿著奢華漂亮的衣服，一看就和領主是一伙的，不會是什麼好東西！」如此情境下，警戒的盜賊不願相信塞德里克的說詞自是理所當然。

「是啊，誰知道領主這次又要做什麼？」

「該不會是領主發現我們明天的行動，所以才派哎喲！你幹嘛打我？」

「你還不閉嘴！不說話沒人當你是啞巴！」

由數人吵吵嚷嚷的對話中得到意外收穫，昆汀突然憶及昨日在城中探查時發生的小事。布有重重防守的糧倉竟莫名傳出嬰兒的啼哭聲，但僅止一瞬間，再想細聽便已沒有響動。

眼下經他們一提，昆汀將所有細碎的線索都連結在一起，「你們行動的目標是位在城堡東側的糧倉，對嗎？」

「你怎麼——」

「老大我就說這兩個傢伙一定有問題，還是關起來吧！」

「對啊，不能讓他們妨礙我們的計畫。」

幾名盜賊嚷嚷著向兩人圍攏，昆汀見狀上前站了一步，將塞德里克護在後頭。

「你們可以試試。」昆汀彎起嘴角，手腕稍稍使勁掙開繩索，長劍出鞘的聲響嚇得數人連忙退開兩步。

「等等，別動手！」

「可是老大他們——」

「你們不是他的對手，就算我們全部加起來都比不上他一隻手，只會吃虧。」

聽聞此話，正在替塞德里克割斷繩索的昆汀自鼻腔溢出一聲冷哼，先是挑起眉梢望向抱怨著停下動作的眾人，接著深深看了里昂一眼，「現在可以坐下來好好談談了嗎？」

環顧四周見無人作聲，昆汀這才重新將配劍收回腰間的劍鞘。

†

「你的侍從脾氣很大啊。」

「他只是太緊張了，還請各位見諒。」

昆汀並不在意自己的身分被誤會，依舊直挺挺地佇立在入座的王儲斜後方。

「既然不是為領主做事，兩位到底是為何而來？」

「經過尋訪，我們確實在城中發現一些不對勁的地方，希望能與知情人仔細聊聊，好確定安東尼到底在葉尼城做了些什麼？」

「他做的壞事可多了！」

「他把小孩和女人都抓走了！還有老人也是！」

「他逼迫我們上繳比平常多三倍的糧食，可是田就那麼大而已，哪可能有三倍的糧食。如果交不出來就要用錢或是勞力補上，還——」只見咕噥著抱怨的男人被恨鐵不成鋼的里昂瞪了一眼，前一秒的憤慨隨即失去聲息。

「城裡的百姓那麼多，何必特地上山打聽？」

「因為我們想聽的是實話，不是場面話。」

「總之就和他們說的一樣，領主這兩年向百姓課增稅賦，不管是農民、商販、鐵匠、磨坊工人、廚子全都受害，只要有人試圖反抗就會被毆打。後來領主為了逼迫大家聽話，甚至抓走女人、老人和小孩當作人質。」說到這裡里昂頓了頓，似乎是在觀察塞德里克和昆汀的反應，「因為不堪折磨，越來越多人往山裡逃。」

「領主為什麼稱你們為盜賊？」

「我本來就住在芬尼山上靠打獵維生，可是山上人口越來越多，只靠獵物、野菜和水果根本不夠，只能不定時地下山……偷糧食，偶爾也會想辦法營救被關押的人質。」

里昂所言與昆汀的推測相距不遠，由塞德里克的反應來看應該也是心裡有底，特意讓對方解釋一方面是希望獲得證實，另一方面也是想獲得更多情報。

「領主有說明過加重稅賦的原因嗎？」

「不是因為國王下的命令嗎？」

「不可能！北之國律法嚴格訂定人民應繳納的稅種及稅率。陛下仁厚，清楚民間疾苦，已經多年沒有調漲。欺凌百姓已經夠可惡了，安東尼竟敢假傳陛下諭令！」

昆汀伸手搭上塞德里克的肩，無聲安撫男人的情緒。

既然已經釐清糧食和金錢來源，接下來要探查的便是去向。一如昆汀所預期，冷靜下來的塞德里克旋即回歸正題，「照你們的說法，上繳的麥子和糧食都被送出城了？」

「是啊，全被馬車一車車往外送，剩下那點根本不夠我們自己吃！」

「你們知道糧草被送往何處嗎？」

「這，我平常都在山上活動，不太清楚……」只見里昂面露遲疑，抬頭向其他數人望去。

沉默延續了片刻，終於有人出聲：「我有見過馬車出城後朝北方走，但不知道去哪。」

「是嗎……」昆汀隱約從塞德里克低了幾分的語調捕捉到幾不可察的惆悵，但僅止轉瞬，聲線已恢復正常，「和我們合作吧。」

「不需——」

「別急著拒絕，何不先聽聽我們的提案？」

兩人從未討論入山後的細節，突然對上一雙翡翠色的眸瞳，雖說詫異卻不妨礙昆汀理解塞德里克的意思，旋即自然地接下話頭，「你們的目的是糧食和人質，都在有重兵看守的東側糧倉。我剛剛看過了，山上人口的確眾多，但有超過一半是老人、女性和孩子，能夠參加此次計畫的人手不會超過五十個，如果這五十人的身手都和在場諸位差不多，那只能說成功機率並不高。」

「別亂說！我、我們之前也成功過啊！」

「應該不是同時進行兩個任務吧？」

「你怎麼知道？」

面對反問昆汀笑而不答，而是向里昂要來紙筆，利用幾道線條簡單勾勒出葉尼城的街道與幾處重要地點的分布。「芬尼山在西側，城堡座落在中間偏東的位置。而這次的目標是東側糧倉，是四座糧倉中最靠近城堡的，這表示城堡侍衛能夠迅速支援。」

「所以你的提案是什麼？」出聲提問的是里昂，男人顯然已被昆汀的分析說服。

「兵分多路。」

「我們的人力本來就不多，怎麼分成多路？」

昆汀將一旁的木製酒杯分別壓在羊皮紙上代表城堡和糧倉，解釋道：「一路是城堡，由我和里奇阻止侍衛前去支援。另一路由你們最精銳的部隊負責，趁侍衛交班守備最為鬆散時突襲東側糧倉，救出人質。」

「這個簡單，和我們本來的計畫相同。」

「至於山上其他體力有限的女性和老人，則分為多個小隊，盡量在城中各處製造騷動吸引侍衛注意，讓他們疲於奔命無法即時支援。」昆汀從左側的木桶抓起一把鮮紅色的酸櫻桃，分別放在地圖各處。

然而話才剛說完，立刻有人出聲反對：「不行不行！女人和老人也要一起行動的話太危險了！」

「這些小隊大概三到五人一組，可以指派一名熟悉環境的隊長負責帶隊，成功引起騷動後就立刻逃跑，千萬不要和侍衛起衝突。」

「等等，你剛才只提到救人，那糧食呢？」

「這次的行動不拿糧食。」

「咦，為什麼？」

「怎麼可以！我們就是糧食快沒了所以才出動，這是要大家餓肚子嗎？」

昆汀直起身，在眾人燃起希望卻又充滿困惑的注視下說得振振有詞，「我們要一次做個了斷，讓你們不再為糧食所苦。」

†

為了兌現承諾，計畫當日昆汀和塞德里克換上借來的衣物稍作喬裝，隨著各隊盜賊悄聲無息潛伏在平民之中伺機而動。

午後時分，兩人好不容易藉由酒水攤商補貨的機會潛入城堡。他們在推車上晃了一路，才剛鑽出空酒桶，還覺得頭暈眼花，正打算去安東尼的書房碰碰運氣，卻意外被一道陌生的聲音呼喚：「哎，你們兩個新來的吧？快點過來幫忙。」

「我們？」

「不然還有別人嗎？白長那麼大的個頭沒長腦子。」

「這……」

「還發什麼呆！要是耽誤了男爵的餐點，你們晚上就餓肚子吧！」

遠遠超乎想像的發展令昆汀哭笑不得，下意識就要出手打暈走在前方將兩人誤認為廚工的中年婦人，卻被塞德里克即時阻止。

於是他們被帶至忙碌的廚房，命令更是如雪片般飄來，又是清洗蔬果，又是切割肉塊，又是擦拭餐盤。好不容易找到喘口氣的空檔，昆汀連忙湊到塞德里克身旁，「再耗下去是要等到安東尼入睡後才動手嗎？」

「別急，再等等。」

「可是時間——」

「現在後悔了吧，誰叫你當初把話說得那麼滿。」

被調侃的昆汀撇了撇嘴，發出一聲不置可否的悶哼，「那些話就算我不說，你也會說。」

「我才不像你那麼傻，把責任都攬下來。」

「你只是沒說出口罷了，王子殿下。」

昆汀和塞德里克正壓低音量你來我往地鬥嘴，就聽見廚師用手中的長勺敲擊懸掛在柴火上方的大釜。「上菜了！」

這聲高呼令步調緊湊的廚房更加沒有喘息空間，卻也使昆汀想出從未想過的計策。還未來得及分享，塞德里克含笑的語氣便拂過耳際，「你看，機會不是來了嗎！」顯然兩人的想法不謀而合。

只見兩抹人影在無人察覺的情況下悄聲無息地溜出廚房，昆汀利用長廊死角襲擊送餐的侍者，脫下對方的制服換上，最後端起裝有精緻餐食的金屬銀盤，於是灰撲撲的廚工搖身成為衣著整齊的侍者。

整個過程不過幾分鐘，卻解決了難處。讓昆汀無需費心在城堡內兜轉尋找，甚至得以堂而皇之靠近目標人物所在之處。兩人帶著忐忑的心情踏進餐廳，果不其然坐在長桌主位上與妻子和孩子一同用餐的，正是此次行動的目標安東尼男爵。

躬身上菜是與安東尼最為接近的瞬間，一切都是如此順理成章。昆汀以餐刀為武器，抵上安東尼毫無防備的頸項，「別動，不然我可無法保證餐刀會不會就這樣劃破你的血管。」

「你是誰？要做什麼？」突如其來的變故令安東尼緊張地僵直身體。

「刺客！有刺客！」目睹一切的侍者被嚇得語無倫次，餐盤落地的聲響顯得格外清脆，

「你、你快放開領主……」

「父親！你這壞蛋為什麼要抓我父親？」

「尼奧別過去！海倫妳也是，快過來。」只見面露驚懼的女性連忙將一雙年幼的兒女護在身後。

「可是母親，父親他——」

屋內眾人接連回神，不知是否礙於顏面，受制於人的安東尼仍不忘強作鎮定，「你知道我是誰嗎？刺殺貴族可是重罪！外面都是侍衛，你無法全身而退的！」

「看來閣下對我國律法頗有研究，那你可知無故增加人民賦稅和假傳國王諭令也是重罪？」

「你別胡——咦，殿下！」安東尼終於認出塞德里克的聲音，一臉錯愕。

「闊別數日，閣下的氣色似乎大不如前，是擔心我倆不在你的監視下，發現了什麼不該發現的嗎？」

「殿下您誤會了，我是擔心山上那些粗莽的盜賊會傷了您。」

「那你可以鬆口氣了，我們平安歸來，一根寒毛也沒掉。至於你，我就不敢肯定了。」昆汀將安東尼的手反扣在身後，右手食指稍稍出力，使餐刀鋸齒咬進男人的皮膚，「站起來，走吧。」

「要去哪？等等，別傷害我的孩子。」

「別擔心，只要你不輕舉妄動，誰都不會受傷。」說著昆汀朝負責限制女眷及孩子行動的塞德里克看了一眼。他壓著安東尼走出餐廳，毫無意外外頭全是聽命而來的侍衛，放眼望去二十多個人高舉刀劍，卻又顧忌人質不敢上前。

「大膽刺客，快點放開領主！」

即便敵眾我寡，鮮少扮演反派角色的昆汀依舊興致盎然，「容我拒絕。」

「他不過只有一把餐刀！」

「可是領主……」

「我們這麼多人，難不成還會輸給他？」不管同伴仍在遲疑，一名脾氣衝動的侍衛已經搶先出手。

平心而論男人選擇的時機和招式都不差，唯獨挑錯了對手。昆汀左手提著安東尼的後領一扯，抬腿在其膝彎處一踢，吃痛的安東尼被迫彎下身，兩人便流暢地躲過橫斬而來的長劍。

襲擊未果的武器來不及收回，昆汀當然不會放過這個破綻，右手一揚，粗鈍的餐刀在男人手腕劃過一抹血痕，長劍在眨眼之間便已易主。

「還有人想嘗試嗎？」毫無懸念的結果無疑將侍衛們隱隱蠢動的希望徹底澆熄，畢竟連餐刀都不敵，換了把順手的鋒利武器後自然更不用提。

見眾人噤若寒蟬，昆汀手腕一轉，將劍刃重新抵上安東尼的頸脖，「那麼我們走吧，由各位領路帶我去參觀一下地牢，好確認空間夠不夠大。」

「什麼？」

聽聞提問昆汀沒有多說，而是直接以行動作答——逼迫途中碰上的所有侍者和侍衛自行進入地牢。

最後昆汀壓著安東尼，趕往距離城堡不遠的糧倉與塞德里克會合。他坐在馬背上，遠遠就見濃厚的漆黑夜色被通明的火光照亮，雜沓的人聲和馬蹄聲交織成一片混亂。

很快昆汀便察覺不對勁，比起兩相對陣，看起來更像是身著藏藍色制服的侍衛在單方面逃竄。

盜賊與守在糧倉的侍衛理論上人數差距不大，雖說城堡那頭控制得當，替其減少了可能面臨的壓力，但平民出身的隊伍畢竟缺乏完整訓練，能夠將侍衛逼至如此，確實超乎預料。

昆汀正感嘆人的潛力無窮，就發覺天色突然暗了下來，不過眨眼間又恢復原狀。沒來由的熟悉感令他下意識抬頭，定睛一看不禁低笑出聲。造成這般局面的不是別人，正是閒得發慌的巨龍。

從離開奈斯特王國，昆汀擔心塞德里克再次發生意外，幾乎與男人形影不離，自然無暇顧及共同冒險犯難的伙伴。加上成為王夫踏入宮牆，他的生活發生天翻地覆的變化，不再依賴任務賞金過活，少了那些命懸一線的挑戰，雷因自然也少了活動筋骨的機會。

龍族崇尚自由，昆汀向來不會限制雷因的行動，只是為了避免不必要的意外或傷亡，體型巨大的黑龍幾乎不會現身於人群聚集處。這次不知消息是如何走漏，倒是給了雷因解悶的藉口。

這一邊黑龍單憑一己之力輕而易舉壓制住敵方，另一邊由里昂領軍的隊伍則如入無人之境，糧倉大敞著，獲救的人質正魚貫離開。也因為如此，原先準備用來脅迫侍衛就範的安東尼頓時變得可有可無。

眼見快速移動的黑影由右側俯衝而下，驚慌失措的侍衛匆忙向左側散開，接著巨龍扇動翅膀猛地拔升而起，在空中繞了一圈又再次故技重施，掀起此起彼落的尖叫，高度落差形成的風壓更將不少人帶得踉蹌摔倒。

以昆汀對雷因的認識，這種程度的威嚇不過是玩鬧性質，不過對於從未見過如此巨型生物的人們而言，已足夠嚇破膽子。他無奈地搖了搖頭，在眾多人群之中找到那抹熟悉的白金色身影，「還好嗎？」

「能有什麼事，我把夫人和孩子反鎖在房間裡，不過安東尼倒是多走這一趟了。雷因是你叫來的？牠這次可立了大功，該獎賞！」毫不意外，塞德里克同樣也發覺了趁機發洩精力的黑龍。

「我猜是你那隻雪鷹給牠報信，牠好一陣子沒活動筋骨可是玩瘋了。」

「你的意思是米菈和雷因可以溝通嗎？」

「或許吧，畢竟雷因能理解人類的語言，當然前提是牠願意。」昆汀聳了聳肩與塞德里克對視，下一秒兩人便默契十足地朗笑出聲。

昆汀觀察被關押在糧倉內的人質已盡數撤離，便不再放任玩性大發的黑龍繼續吵鬧，抬手湊到唇邊吹響幾聲長哨。雷因隨即發出一聲低沉的龍吟，一如遊戲中被打斷的孩子，不甚情願地抗議。

「行了，今天玩夠了吧。」

回應昆汀的是另一聲低鳴，巨龍在空中繞了一圈，最後停在幾人前方不遠處的半空，以行動表達不滿。

「我知道你今天幫了大忙，里奇說他會重重賞你……十個金幣？」

此話一出就見雷因偏過頭，從鼻腔噴出一股不屑的熱息。

「二十個？」眼睜睜看著不滿的巨龍掉頭就要離開，昆汀連忙揚聲高呼，咬牙讓步，「等等，好啦五十個？這可是比我自己存下來的積蓄都還多了。」

這個答案顯然讓雷因感受到誠意，總算紆尊降貴地回過頭，縱使無法言語，那雙金黃色的獸瞳也能清楚表達意見。

「好吧，就六十個，真的不能再多了。」

兩相對滯半晌，回覆昆汀的是響徹雲霄的悠長鳴吟，一龍一人敲定了價碼，心滿意足的雷因這才揚塵而去。

「你其實不用這麼費勁和雷因討價還價，我很樂意支付這次的賞唔——」

昆汀一把摀住塞德里克的嘴，小心翼翼地壓低聲量，「噓！別讓牠聽見了，那傢伙可是守財奴，到時候獅子大開口我可就頭痛了。」

「不過牠也用不到錢，要那麼多金幣做什麼？」

「龍族喜歡閃閃發亮的東西，累積財寶是牠的樂趣。別看雷因那樣，牠可是有個不為人知的寶庫，偶爾還會要我去幫牠買些什麼五顏六色的寶石。」

「真可愛，懂得欣賞美麗的事物，比某人強得多。」

「那麼大的個頭哪裡可愛了……」聞言昆汀咕噥著撇了撇嘴，拒絕承認心頭的不舒坦是因為瞧見塞德里克為他人綻開笑容。

「說起來，你的積蓄真的不到五十個金幣？」

一雙透出疑惑的翡翠色眸瞳忽然湊近。昆汀稍稍錯開視線，雖說向來不在意身外之物，但在身價非凡的伴侶面前提及實在不充盈的財產時仍免不了有些害臊，「不至於那麼少，但確實不算多。」

「看來四處遊歷的開銷比我預期的還多呢。」

昆汀自然聽得出塞德里克這番話並無貶低意味，只是當從未察覺的疙瘩浮現後，便難以忽略。

「執行任務賺來的錢本來就是對分，偶爾給雷因買些比較好的肉都算我的，所以有大半都在牠那了……」抿了抿唇，越發侷促的昆汀忍不住後悔過去沒有多接一些賞金豐厚的任務。不為錦衣玉食，而是為了以更加匹配的姿態站在男人身旁。

矜貴驕傲、耀眼的小王子值得最好的。事到如今曾經心不甘情不願的昆汀早已無法想像塞德里克身旁伴著自己以外的人，這意味著要達到目的，他勢必得成為最好的。

只是當然不可能一蹴可幾，煩悶焦慮、躁動懊惱，各式各樣的情緒全擠在胸膛，說不出的難受。昆汀的思緒亂糟糟的，直到被一道嘶啞的嗓音打斷，「難道那隻龍真的是你的？」

聲源來自一直保持緘默的安東尼，即使親眼目睹全程，男人依舊有所懷疑。比起憤怒，昆汀感到的是錯愕與震驚。當初雷因於坎培紐城現身，幾乎大半人民都親眼看見巨龍，昆汀龍騎士的身分自然無庸置疑，還是第一次受到猜忌。

昆汀正猶豫如何證明身分，就聽見一旁的塞德里克反問：「陛下並未隱瞞昆汀是龍騎士的事情，經過那麼久早該傳遍整個北之國了，閣下沒道理不知道吧？」

「我以為那只是王族為了哄抬異鄉王夫編造的謊言，真正有幸拜見龍族的人少之又少，龍騎士更只是書裡的傳說，沒想到——」

「比起確認謠言的真偽，你現在應該有更需要擔心的事吧？」

†

正如塞德里克所言，安東尼確實有另有要事。他們在城堡書房發現一面繡有古老雪鷹紋章的錦旗，和幾封簡短的書信，內容不外乎就是商討糧食向城外運送的事宜。

只是看似鉅細靡遺的信件，實際上卻沒有多少有利用價值的情報，若想知道更多細節，還是得從安東尼嘴裡挖。兩人來到關押安東尼的簡陋柴房，率先入內的昆汀在確認房內並無危險後，便退至塞德里克身側，理所當然地將發言權交予對方。

「安東尼。」

「殿下不是忙著替我羅織罪名，怎麼有空來訪？」被軟禁在狹窄空間內的男人早已沒有先前意氣風發，歷經這回驟變，整個人看上去似乎蒼老不少。

「安東尼‧尼古拉，證據顯示你假傳陛下諭令向人民超徵稅收和糧食，欲行謀逆之事，有什麼話說？」

「都是無稽之談。」

「受害農民指證歷歷，負責押送糧食的侍衛也找到了。他們的證詞加上這些書信，你還打算狡辯嗎？」塞德里克加重語氣，將信件摔在一旁滿是灰塵的桌面。

「就算我的確超收糧食，對外變賣藉以中飽私囊，罪名充其量也不過是瀆職，被冠上謀逆這麼重的罪名，嚇得我都心慌了。」

「你屢次命令侍衛將大量糧草向城外運送，卻無人知曉最後目的地是何處，這種保密程度不尋常吧？」

依據侍衛的證詞，運送糧食的路徑每次不同，自然也都是在不同地點交貨，線索中斷根本無法繼續追查。安東尼顯然也知道這點，別過頭將責任撇得一乾二淨，「我只要能拿到錢就行了，接應的人如何處置貨物與我無關。」

「從事盜賣糧食這種無需成本的勾當，你理論上早該賺得盆盈缽滿，為何葉尼城的帳面看起來卻是入不敷出呢？」

「城堡這麼大，維護起來開銷大得很。」安東尼一頓，顯然沒料到塞德里克會由支出下手。

昆汀從男人的反應看出了端倪，塞德里克自然亦同。他不再繞圈子，話題直接來到撲朔迷離的謎團中心，「你知道古梟會吧？」

「我若說不知道，你相信嗎？」

「很遺憾，閣下的演技有待加強。」

沒等安東尼開口，接獲塞德里克暗示的昆汀逕自將手中的布幔展開，朗聲接下話頭，「這是我們從書房搜出來的錦旗，上頭圖案聽說是貴家族在禁鷹令之前使用的雪鷹紋章。好巧不巧上頭的圖騰與某個曾經企圖刺殺里奇的組織一模一樣，而那個組織自稱古梟會。」

昆汀邁步走到安東尼跟前壓低音量，氣勢卻不減反增，「傳聞從你父親在王城的宅邸中，也發現了與古梟會連絡的痕跡，你說是不是挺巧的？」

「你手上的錦旗是我祖輩留下的，至於什麼古梟會我不認識。」

「禁鷹令頒布後，陛下便下令焚毀所有非正統的雪鷹紋章。尼古拉家族擅自留存這面錦旗，若要說沒有密謀造反的意圖，還真是讓人難以置信。」

塞德里克這番話說得鏗鏘有力，在最後一個字詞落下的瞬間，昆汀出鞘的長劍恰好抵上男人的頸項。

不等安東尼做出反應，塞德里克話鋒一轉，一改剛才的強硬，態度懷柔不少，「不過我也不是不明白想要追憶過往榮光的道理，只要你老實交代，我也能當作沒看見那面旗幟。畢竟尼古拉家族雖然近年逐漸式微，仍然是北之國的大貴族，要是出了什麼事可是我們的損失。」

「別假惺惺了，若非王室刻意打壓，我們尼古拉家族怎會敗落至此！」安東尼一瞪眼，也不管利刃仍架在脖子上，激動地站起身。

「你知道單憑這番話就能坐實謀反罪名，整個家族都會受到牽連，連那兩個孩子也是。」

「我做的事情我自己承擔。別廢話，直接殺了我吧。」安東尼無預警往劍上撞，幸而昆汀即時收手，否則豈是留下一道血痕就能了事。

重要人證差點毫無價值枉死，塞德里克卻也不緊張，笑靨如花冷眼看向男人正汨汨滲血的頸項，「俐落給你一劍，然後將你父親也以同樣罪名處死，如何？」

昆汀在安東尼眼中看出被踩中痛腳的動搖，然而後續不管塞德里克怎麼追問，男人都不再搭腔。塞德里克自然也無須與安東尼大眼瞪小眼地乾耗，最後扔下一句提醒便領著昆汀離開，「我已經給陛下送信，王城很快就會派人來接收葉尼城，這段時間你好好想想吧。」

Quentin Nestor × Cedric Diallos
NORTHERN EMPIRE
第12章
Northern Empire
Crown Prince & Dragon Knight

一轉眼關押安東尼已經足足兩天，這日的例行訊問依舊沒有多少收穫。昆汀與塞德里克一前一後走出柴房，直到離開好些距離又確認四下無人後，昆汀才提問：「你相信他的話？」

「如果古梟會真的是尼古拉家族籌組，選擇關係匪淺的紋章作為象徵，這是太自負還是太愚蠢？」

「你懷疑操控古梟會的另有其人？」

「你也看到了，安東尼的態度很明顯，他將家族衰敗的原因歸咎於王族，這不會只是他一個人的想法。就某些層面來說，他們會那樣解讀也無可厚非。」

初次聽聞塞德里克說出不利王族的觀點，昆汀不由得有些詫異，不禁多看了男人幾眼。

「怎麼，你以為狄亞洛斯可以坐穩王位只是靠祖輩庇蔭嗎？知己知彼才是避禍的根本之道。」

「照你這麼說，尼古拉家族心懷不軌不是一兩天的事，為什麼拖到現在才出手？」

「王儲離宮防守薄弱的確是個好時機，但越是理所當然越有存疑之處。」

「既然如此，你應該有懷疑的對象吧？」

「人人都有嫌疑。可是如果不是尼古拉家族，為什麼選擇那個圖騰？又有誰會心甘情願為人作嫁，拱尼古拉上位？」

塞德里克的答案太過篤定也太過不加思索，自然得讓昆汀哭笑不得，「敵人多得數不清，你們這不是該好好檢討一下？」揶揄才剛躍出舌尖，他便後悔了，「那個，我不——」

所幸陷入沉思的男人也不在意，自顧自說著就打算再次返回書房，「畢竟鑲滿寶石的王冠太美，誘惑太大，他們沒想過的是那些珠寶有多少重量……」

見狀昆汀連忙快步搶先上前，硬是憑藉體型優勢擋住塞德里克的去路。

「你做什麼？」

「累了大半天應該餓了吧？」

「你餓了？」

「是啊。」迎著一雙澄澈的碧眸，昆汀毫不猶豫地點頭。

「看廚房有些什麼，叫人送上來。」

「這幾天被安東尼困在城堡裡，他們廚子天天準備差不多的菜，我都吃膩了。」

「這才幾天就養出壞習慣了，以往露宿山林的時候怎麼不見你有這個毛病？」胳膊被拉住的王儲皺起眉頭，忍不住嘟囔，「算了，你去吩咐他們換換菜色。」

「不用了那多麻煩，我們去市集走走吧？」

混亂的夜晚過去，失勢的安東尼被迫撤回那些不合理的命令，塞德里克更以王儲名義開放葉尼城糧倉，並宣布舉辦慶典，暫時放寬宵禁，期望長期受到迫害的人們得以喘息。

「不了，古梟會的事還沒頭緒，我想把信多看幾遍，說不定有遺漏的地方。」雖說昆汀立意良善，然而塞德里克想也不想便搖頭否決提議，此行成功替葉尼城百姓討回公道純屬意外，正事的進展卻不甚理想。

「別光盯著地圖憑空想像，過兩天我們實際去運糧隊伍交貨的地點走一趟，也許會有新發現。」

「這的確是個方法，不過我想先看看米菈送回來的消息再——」塞德里克贊同地點了點頭，然而話還沒說完就被男人半推半拉地帶往城堡出入口的方向。

「只是逛市集而已，不會耽誤多少時間，更何況米菈根本還沒回來。」

「哎，可是……」

在昆汀不屈不撓地糾纏下，塞德里克總算鬆口同意暫時擱置要務，隨同男人上街。

†

還未走近熙攘的市集，節奏輕快的樂曲遠遠地便傳了過來，吟遊詩人的嘹亮歌聲和人們樸實無華的舞步相互應和，看上去熱鬧而和諧。此時的葉尼城有別於剛來訪時的死氣沉沉，此時空氣中飄散著歡聲笑語，少了有心人士的壓迫，整座城重新吸納流動的泉水，隨即熱鬧了起來。

繞過沉浸在喜悅中的人群，接著映入眼簾的是琳瑯滿目的商品，有牛乳、雞蛋、麵包、酒水、各種肉類、皮革製品，塞德里克掛心的煩惱很快就被一個個或尋常或罕見的攤位取代。

「葉尼城的氣候相對和煦，適合許多農作物生長，王城有不少水果就是從這邊——」

左手冷不防被一隻寬厚的手掌牽住，手裡正拿著一顆甜桃掂量的塞德里克一怔，先是抬頭望向身旁的昆汀眨了眨眼，又垂首將視線落在不斷傳來暖意的交握處。

男人當然也注意到塞德里克的目光，卻沒解釋而是問道：「要買嗎？」

「不用——」

塞德里克的拒絕還來不及說完就被男人打斷，「買吧，我想吃。」

而且他沒料到昆汀結帳後，將甜桃在衣襬上擦了擦便湊到自己嘴邊，「來，試試。」

「是你想吃又不是我。」

「但我想和你分享。」

白中透粉的嬌貴果實近在咫尺，竄入鼻腔的馥郁香氣引人垂涎，恰恰正符合塞德里克的偏好，但向來講究的王儲可沒忘了自己的身分。

「不，我不需要。」塞德里克嚥了口唾沫，小幅度地別開臉。

「我拿著，你的手不會弄髒，而且這裡沒人知道你的身分，在大街上吃東西也沒關係。」

昆汀這番話有幾分道理，卻也並非完全正確。畢竟城堡的侍者和侍衛都清楚兩人身分，除此之外先前管家大排場迎接時，有些民眾可能也目睹了過程。

然而在昆汀不依不饒的低聲哄勸下，塞德里克終究不敵果香的誘惑，低聲的咕噥不知是在說服男人抑或是自己，「就吃一口……」

牙齒輕輕一咬，撕開吹彈可破的果皮，軟嫩果肉伴隨一湧而出的清甜汁水，甚至較以往餐桌上經過廚師去核處理的切片更為香甜。

進貢王室的食物經過嚴格篩選，不僅外觀和色澤均須完美，統一的規格尺寸亦是重要考量。區區一個水果攤當然沒有那種程度的高級品，但勝在葉尼城是甜桃的產地，一顆顆仍沾有露水的果實飽滿又新鮮。

「如何，好吃嗎？」

在一雙盈滿期待的目光下，塞德里克罕見地誠實，「還可以，滿甜的。」

「再吃一口。」

「不吃了。」塞德里克斜瞪昆汀一眼，難掩責備的語調帶有幾分賭氣的意味。

只見昆汀也不在意，三兩口將留有齒痕的甜桃解決完畢，如此提議，「真的滿好吃的，等等回去的時候買幾顆吧。」

聽聞此話，塞德里克下意識將昆汀的行為歸類於有意討好，然而男人毫不做作的態度又令他不由得心生疑竇。歷經這些時日的相處，雖說關係早有改善，也隱隱約約察覺男人的變化，但對方並沒有獻殷勤的必要，如此判斷或許過於自負？

塞德里克眉頭緊蹙，尚在思考解答，思緒就被似曾相識的男聲打斷，「這麼巧，你們也來逛市集？」

本能地望向聲源，這才發覺主動打招呼的是先前在芬尼山上見過的農民，幾人的體型雖然依舊乾癟，但沒有困擾多時的壓力源頭，氣色明顯好了不少。

「難得機會當然要來湊湊熱鬧。」

「我們葉尼城的市集可厲害了，有自己種的水果和穀物，還有工匠、鐵匠做的手工藝品或皮革製品。雖然攤位比起以前少了一些，但什麼東西都有！對吧，老大？」男人挺著胸膛，興沖沖地向兩人介紹，話裡話外全是驕傲。

「都說別再叫我老大了，你們回去種田，我們現在也不用偷偷搶糧食了。」被點名的里昂搔了搔後腦勺，侷促地對昆汀和塞德里克鞠躬，「那天太慌亂了，來不及向你們道謝，多虧了兵分多路的計畫才能順利救出人質。」

「就是啊，不然那麼多侍衛我們根本沒辦法應付！」

「沒什麼，我只是盡我的本分。」

「我在酒館裡聽吟遊詩人唱的曲子，說是王子殿下下令取消領主之前的命令，大家簡直樂瘋了！既然你也是領主的客人，應該見過殿下吧？」

聞言塞德里克微微偏過頭，眼球一轉，視線與昆汀在空中無聲交會，接著吐出模稜兩可的答案，「算是有吧。」既然幾人並未察覺當晚的暗潮洶湧，塞德里克也沒打算多加解釋，只是順著對方的話接下去。

「真羨慕你有機會目睹王子殿下的真容，一定很帥氣吧？」

這話問得身為當事人的塞德里克一愣，望著一臉憧憬的男人，頓時不知如何回應。

「那是一定的！」在塞德里克遲疑之際，就聽見幾人爭先恐後地發表意見，「我就說吧，那個歹毒領主不可能突然善心大發。」

「多虧了殿下，我老婆和兒子都安全回家了，而且再也不用拿家裡口糧補貼不足的稅賦。」

「英勇的王子手拿寶劍，打敗壞心眼的領主，救了城民笑哈哈！」其中一名興致高昂的男人甚至哼起一小段節奏輕快的旋律，「剛才鄰居孩子這樣唱，大概是從詩人那裡聽來的。」

「對啊，說到打敗領主，偷襲糧倉的那天晚上，你們有看見天上那黑呼呼的東西嗎？」

「怎麼了嗎？」思及當晚昆汀和雷因討價還價的模樣，塞德里克抿了抿唇，試圖收斂頻頻上揚的嘴角。

「想說你們是領主的客人見多識廣，一定知道那是什麼。」

「那是龍！身體比雲還要大，有長脖子、長尾巴，還有和蝙蝠一樣的翅膀，跟以前聽過的故事一模一樣。」頭上裹著布巾的農民揮舞著雙手比劃，語氣難掩興奮。

「哪有龍這種東西，那些童話故事就是騙孩子而已。」

「才不是！聽說王城也出現過龍的蹤跡！」

意見相悖的數人你一言我一語，塞德里克忍不住竊笑，不著痕跡地朝話題中的主角投去一記揶揄目光。

「那確實是龍。」最後還是昆汀出聲打斷幾人沒有結論的爭論，換來幾聲得意的高呼。

「你們看，我就說吧，是龍！」

「看你這麼得意！不過就是說對一次。」

「只是為什麼會突然有龍出沒，該不會有龍騎士來到葉尼城了吧？」只見男人自顧自地嘀咕，又隨即搖頭否決猜測，「不可能吧，沒有這麼巧的事……」

事實被明顯崇拜龍族的農民隨口一提的假設猜個正著，塞德里克再也忍不住低笑出聲。身為旁觀者的他正樂不可支地看好戲，怎料好景不長，一名原先在群眾之中閒逛的侍衛在瞧見塞德里克後，連忙神色慌張地上前行禮。「殿下。」

被迫成為盜賊的幾人只是平民，如今紛紛回歸原本安穩的生活。既然最初沒有亮出身分，事後塞德里克也不打算給他們造成壓力，只是千算萬算，唯獨漏算了意外。

暗暗呼出一口長氣，塞德里克利用眨眼的動作恢復冷靜，「無需多禮，參加慶典就該輕鬆熱鬧。」好不容易打發不識相的侍衛回過頭，果不其然等待的是一雙雙驚疑的目光。

「那個，那人剛剛是喊他什麼？」

「殿、殿下？是比領主還要更厲害的意思嗎？」

「殿下……不就是詩人唱的那位，所以你、您就是那位王儲……」

「之、之前對您如此失禮，真的非常非常抱歉……」

「別這樣，別這樣。」見此事無法輕易帶過，塞德里克連忙拉住險些跪倒在跟前的農民，尷尬地堆起笑容，「還請幫我保守這個祕密，畢竟在外頭低調一點比較安全，各位不用這麼拘束。」

在昆汀調侃的視線下，塞德里克費盡口舌好說歹說，總算把過於震驚的幾人勸退，才鬆了

口氣，就聽見有些遲疑的提問響起，「既然這位是殿下，那這位是？」

「你忘了嗎，他是殿下的侍衛啊！」

「我剛剛明明看到殿下和侍衛大人牽手……可是殿下不是半年前結婚了嗎，聽說吃閒飯的王夫又矮又土氣，這位該不會是情唔唔——」

「還不閉嘴，你找死啊！」

人們雖已刻意壓低聲量，但距離不過幾步之遙，足夠塞德里克將男人的揣測聽得清清楚楚。他抬頭與被誤認身分的昆汀對上眼，感到哭笑不得卻沒有分毫惱怒，畢竟比起貴族們以禮儀和虛偽包裹的假面具，平民不加掩飾的直白反應可謂純真樸實得可愛。

「這位是昆汀，是——」執起昆汀的手，塞德里克望向跟前數人良久，初次為男人的身分正名，「我的伴侶。」原以為向外人介紹會是件難事，但當起了話頭，他便發覺後續沒有想像中難以啟齒。

「所以他、他就是那個吃軟飯的？」

此話一出，原先就有些尷尬的氛圍登時陷入詭異的寂靜。男人在意識到惹禍的同時臉色刷白，一旁其他人則面面相覷不知作何反應。

好半晌過去，里昂終於出聲打破沉默，視死如歸的神色顯得格外悲壯，「呃，那是我們城裡的民間傳說……」

「哎老大等等……那個……」

「都怪你亂說話！」

「傳說王夫是為了提升地位才和殿下結婚，但是條件不佳，婚後和殿下關係不睦，所以才會結婚那麼久都沒有消息。」

「什麼消息？」聰慧如塞德里克自是聽懂了里昂話裡的暗示，卻來不及阻止昆汀提問。

「就是沒有大肚子，生不出孩子。」

對兩人而言，屢屢被安德森或醫官提醒傳宗接代的責任早已是家常便飯，但如此直接面對民眾的期許卻是頭一回。

†

市集上的意外插曲很快就被帶過，但隨之而來的衝擊和侷促倒是深深烙進塞德里克心底，悄然在闃靜的夜裡趁隙浮現。客房內塞德里克與昆汀並排躺在床上，愣愣望著天花板不知過了多久，卻沒有絲毫睡意。

身為王儲，塞德里克自幼便清楚自己的任務，一是繼承王位治理國家，二則是誕下子嗣確保狄亞洛斯家族得以綿延。規模盛大的婚禮恍如昨日，當時昆汀的不情願和被迫屈服仍歷歷在目，而今晃眼一年多過去，兩人離開王城後確實好些時日沒有履行應盡的義務。

出使奈斯特王國的路途遙遠，晚間大多投宿龍蛇雜處的酒館，時不時還要露宿山林。加上突然出了意外，跌落懸崖後在森林中光是要保住性命就費盡氣力，自然不可能分心於此。

阻礙兩人的理由逐漸消失，塞德里克卻做不到最初的義無反顧，每當察覺到男人的溫度逼近，便不由得繃緊神經，感官變得格外敏銳。像是彩蝶扇動薄翼掀起的氣流，花瓣落於湖面撩起的漣漪，微風吹拂樹梢帶起的震動，這些過往忽略的微小細節全都異常清晰。

思及此塞德里克不禁有些惱怒，或許是出於賭氣，或許是源於不甘，又或許是為了證明能夠戰勝那些無法以言語形容的情緒。憑著一股衝動，他猛然轉過身，「那個——」

「你——」同時出聲的兩人尷尬地對望片刻，最後是昆汀率先出聲，「你先說吧。」

被這麼一打斷，原先蓄積的氣勢全數化為烏有，求歡的字句在躍出舌尖前一秒驟然扭轉，只餘下拐彎抹角又不痛不癢的話，「北之國歷代君主都是獨生子，所以孩子日後勢必要繼承王位延續血脈。」塞德里克絮絮叨叨地說著，比起提醒對方，更似是在提醒自己。

「我知道。」

「那，你要說什麼。」

昆汀什麼也沒說，而是朝塞德里克又欺近幾分。

誕下子嗣是責任也是義務，為了達到目的，塞德里克深知性愛是必要的過程，但在昆汀的注視下，無措和不自在逐漸充盈整個胸臆。濃密眼睫下，那雙湖藍色的眸瞳比印象中更幽暗也更加深邃，那裡頭有濃厚而繾綣的熾熱與渴望，還有他看不懂也不想看懂的情緒。

越來越熟悉的氣息將塞德里克籠罩其中，之前在男人掌心達到高潮的畫面不合時宜地浮上腦海，那種酥麻如電流般的快感吞噬了理智，淪為欲望俘虜的醜態說什麼也不能再次出現。於是，他決定選擇逃避。

「我突然想起來有事要問安東尼。」驀然起身，塞德里克胡亂扯了個藉口，也不管昆汀是否相信便倉皇離開房間。

金髮王儲邁步走在花園旁的小徑，微涼晚風拂散了湧上雙頰的溫度，和充斥腦袋的各種思緒。恢復冷靜的塞德里克不打算立刻回房面對昆汀，索性繞去關押安東尼的柴房，然而還未抵達，遠遠便由不該出現的火光察覺異狀。

有不速之客闖入！塞德里克瞪大眼，一個念頭飛快掠過腦門。他悄然隱身到一旁陰影處，本能地伸手探向腰間，然而別說是武器，剛才逃也似的離開房間，就連外袍也沒披上。

還在猶豫期間，就見理應上鎖的臨時牢房從裡頭被打開，一名手提油燈的男人率先探出頭，鬼鬼祟祟地四處張望似乎在確認周圍狀況，接著回頭招了招手。

不久後四道人影簇擁著安東尼閃身而出，直到此時塞德里克才後知後覺地憶及該名中年男子的身分，那是安東尼的管家，當時奉命在城門處迎接自己與昆汀的男人。

得以命令管家領路，闖入者的來歷顯然與安東尼脫不了關係。城中權力一夜易主，安東尼受到控制後，或許是識時務，抑或是單純感到害怕，原先企圖反抗而被關押的侍者和侍衛紛紛投誠換取自由，管家便是其中之一。

塞德里克當然清楚縱虎歸山難免有風險，但考慮到同時軟禁安東尼和大量人員需要的人力和可能帶來的影響，在維持葉尼城安穩的前提下並無其他選擇。再者他正發愁調查古梟會的進展停滯，不請自來的闖入者何嘗不是新線索。

眼見一群人馬即將遁入夜色，塞德里克也顧不上手無寸鐵，匆忙就要上前阻攔。然而還未走出藏身的石柱，就被意料之外的外力一把拉住，他心頭一跳，揚手就往後頭攻擊。

預期的打鬥沒有發生，取而代之的是低沉嗓音，「別去。」

「人都要跑了！」塞德里克沒好氣地甩開擒住自己手肘的昆汀，將男人披上肩頭的外袍穿戴妥當。

「他們恐怕是跑不了了。」

「什麼？」

「你看。」循著昆汀手指的方向，塞德里克詫異地發現闖入者被突然竄出的黑衣人黨徒攔住。在管家的驚呼聲中，黑衣人直接朝安東尼出手，目的相同的兩組人馬二話不說纏鬥在一塊。

見狀塞德里克停下腳步，反倒沒有原先的急切，「這應該是另一批人，目標也是安東尼。」本就晦暗的局勢越發混沌，在敵眾我寡的情況下擅自介入可不是明智之舉。

「看來他可是比想像中更受歡迎。」

「第一批人是管家帶來的，至於黑衣人……也許是古梟會的人？」

「但古梟會為什麼抓安東尼？」

塞德里克搖了搖頭，如此說道：「與其說是暗殺，他們的行動更像是營救。」

「如果其中一群人真的是古梟會，安東尼和古梟會之間的關係就算是確定了。」

就在兩人談論間，雙方的拚搏已經能夠預見結果。人多勢眾的黑衣人逐漸占了上風，他們既不趕盡殺絕也不戀戰，帶上安東尼便揚長而去。

「走吧。」

這回換塞德里克拉住飛快向前衝的昆汀，俐落地下達指令：「等等，你去牽馬，我去拿一些必要的裝備。」

「可是他們已經——」

「什麼裝備都沒有，你有自信對付那麼多人？」塞德里克拉著還欲多說的昆汀往反方向撤，在男人困惑的目光中抬起胳膊。

沒讓兩人久等，一抹不知藏身何處的黑影無聲無息滑翔而至，最後穩穩地停在塞德里克的手臂。

「替我看著那些黑衣人，別太靠近，遠遠跟著就好。」輕撫猛禽雪白無暇的翎羽，塞德里克刻意壓低的語調很是溫柔，「去吧，注意安全我的女孩，有任何狀況讓巴羅來通知我。」

目送雪鷹展翅起飛，塞德里克回頭對昆汀眨了眨眼，噙在唇畔的笑意盡是驕傲，「追蹤這門專業，沒人能做得比米菈和巴羅更好。」

†

一切都如同預期，得以翱翔天際又方便隱匿的鳥禽的確相當適合執行偵查任務，在米菈和巴羅默契十足的配合下，塞德里克和昆汀即便出發時有所耽擱，仍舊牢牢緊咬目標。

甩開另一組人馬的黑衣人從芬尼山一路逃脫，或許是為了避開耳目，即便是伸手不見五指的晚間，他們依舊選擇罕無人煙的山路。那些獸徑千迴百轉雜草叢生，若非有雪鷹從空中指路，稍有不慎便會迷失方向。

幸而追擊過程並未發生意外，只是塞德里克沒料到，這一追就追了接近三個晝夜。扣除中途讓馬匹稍事休息喘口氣的時間，不敢懈怠的兩人幾乎不眠不休，橫跨不知多少高低起伏的山巒，最後竟遭遇獸群伏擊而追丟了線索。

那是個新月的夜晚，視線不佳的山林中，一雙雙青色獸瞳彷彿點燃的鬼火越逼越近，在可怖的嚎叫和嘶吼中如影隨形，給人極大的壓迫感。歷經一番搏鬥後，塞德里克和昆汀全身都是泥濘和草屑，別說跟著雪鷹的指示繼續向前，光是從野獸滿是腥臭的血盆大口下逃出生天就已費盡氣力。

狼狽的兩人好不容易藉著破曉時的朦朧天色下山，經過一番打探，才得知已經身處距離葉尼城十英里外的沃爾德城。而危機四伏的沃勒山山頭有大量狼獾盤踞，即使是當地人也不敢輕易涉足。

沃爾德城位置偏僻，以崎嶇破碎的岩層地形為主，綿延不絕的山脈占了大半，相對物產豐饒的葉尼城可說是雲泥之別，不僅是居民的富裕程度，由街道上的攤販和來往行人的打扮便可窺見一斑，放眼望去幾乎沒有外來者。

兩人尋覓許久，總算找到間外觀尚且過得去的酒館簡單洗漱，確認馬匹的傷勢不礙事後，接著在昆汀的建議下，他們透過老闆介紹輾轉找到一名長年居住於山腳下的高齡獵戶。

塞德里克根據老者口述，繪製了一張沃勒山的地形圖，但沒能獲得在意的狼獾習性的情報。據說沃勒山過往便有為數不多的狼獾出沒，但總會避開人類。近年來願意繼承獵戶營生的年輕人越來越少，隨著年邁老者逐漸凋零，原先不構成威脅的狼獾趁勢壯大，如今現況就算有心驅逐也力有未逮。

狼獾的體型類似狼，通體灰黑，背部沿著脊椎有道鮮明的白毛，硬實的皮肉彷彿無堅不摧。與極具侵略性的體型不同，相貌像獾，眼睛不大鼻子扁塌，乍看顯得憨厚，倒是看不出那股至死方休的狠勁。

對塞德里克而言，狼獾是只在書裡見過的動物。就算是遊歷各處的昆汀，也只在伊林公國罕無人煙的山區執行任務時遠遠見過一兩隻，未曾近距離交手，自然不清楚這種野獸群起攻擊時的殺傷力有多大。

他們勢單力薄，即使再次硬闖沃勒山也毫無勝算，一時半刻沒有應對方式，疲倦的兩人決定在酒館休整一晚，翌日先折回葉尼城。

占地寬廣的沃爾德城與眾多城鎮接壤，返程必然會途經其他封地，扣除相連接的綿延山巒，至少有另外四種不同選擇。其中一條路線便是穿越畜牧業興盛的席普城，而席普城恰巧是安東尼信件中提及的地點之一。

根據侍衛模稜兩可的證詞，再加上現場探勘，塞德里克和昆汀推測當時可能的交貨地點即是附近雜草叢生的郊外。該處地面崎嶇，沒有種植任何得以獲取利益的經濟作物，就算是當地居民也鮮少前往。

在附近繞了大半天，天邊藍空逐漸染上夕霞的橙紅，口乾舌燥的兩人四處打探整個下午也沒有任何進展。

「算了走吧，找間酒館住一晚吃點東西，馬兒也累了。」雖說這個結果塞德里克早有預料，仍不免感到失望，體恤馬匹近日過分操勞，索性放棄徹夜趕路的選項。

兩人才剛踏進空無一人的酒館，一名身材魁梧而圓潤的男人拖著左腿，笑吟吟地上前招呼，「兩位需要什麼？」

即使不像初次溜出王宮時那般嬌貴，塞德里克在旅途中向來沒什麼食欲，因此養成交由昆汀點餐的習慣。

「來一條白麥麵包、兩份燉菜和牛肉湯，酸果酒也來兩杯。」

「看兩位的打扮不是本地人吧？席普城養的牛羊品質絕佳，我們店裡的煙燻牛舌和羊血腸很受歡迎，要不要也來——咦？」

塞德里克逕自入座，仰頭喝水的動作因為男人不自然的停頓而停止。

「你、你是昆汀吧？」

「你是……」只見昆汀盯著對方遲疑半晌，語氣驟然提高，「老喬嗎？」

「臭小子還真的是你！幾年不見，你老了不少啊。」男人咧開嘴，比臉大的手掌重重拍在昆汀肩頭。

「我這是正常成長，你才是胖了不少。你怎麼在這裡？」

「這是我的店，平常就靠酒水生意過活啊。你還在四處接任務吧，這筆大嗎？」男人笑呵呵地用拇指和食指圈出象徵錢幣的圓形，也不等昆汀回話，邊說邊看向塞德里克，「這是你現在的搭檔？長得可真標緻，給我們介紹介紹吧。」

「這是里奇。里奇這是喬納森，我以前合作過的搭檔，我們都叫他老喬。」

「來來來，那麼久沒見，我們得喝一杯。」

「呃，那個——」

看懂昆汀眸底的為難，塞德里克登時對喬納森揚起熱絡的笑容，以實質行動直接作答：「一杯怎麼夠，難得碰見老朋友當然得多喝幾杯，還是你怕我們喝倒你的店？」

塞德里克毫不猶豫地答應不僅是賣昆汀面子，亦是為了滿足好奇心。雖說出使奈斯特王國揭開了男人的出身，但外出遊歷那些年才真正將昆汀塑造成形，塞德里克很是介意卻又拉不下臉開口詢問，如今機會憑空落下，當然沒有放過的理由。

黃油起司片、臘腸、煙燻火腿、醃漬羊腸、火雞翅，和其他塞德里克叫不出名字的肉類加工品擺滿桌面。加上一人一桶約莫半加侖尺寸的啤酒杯，他們吆喝著碰杯，飲盡又再次填滿，原先的拘謹和距離感在酒精催化下，很快就被熟稔取代。

閒聊之餘塞德里克不忘打聽正事，「老喬你剛才說在這裡開店已經超過三年，城裡有發生過什麼不尋常的事嗎？」

「怎樣不尋常？」打了個酒嗝，雙頰通紅的喬納森瞇起眼。

「像是有沒有看過形跡可疑的外地人，或是運送大量糧草或武器的隊伍。」

「席普城畜牧興盛，平常就有很多來自四面八方的商隊和旅人往來，你給的條件幾乎無法過濾。這和你們這次的任務有關？」皺起醒目的酒糟鼻，喬納森擺了擺手。

「沒什麼，我只是隨口問問。」塞德里克也清楚，會主動提及只是想碰碰運氣。

「任務的細節要保密嘛，我懂。」喬納森伸手抹去殘留嘴角邊的酒沫，逕自哈哈大笑。

「說到任務，老喬你曾與狼獾交手過嗎？」或許是受到啟發，這回開口請教的是昆汀。

「狼獾……你說的是全身灰黑色，背後有片白毛的傢伙？」

「我們前幾天在隔壁城鎮半山腰被將近三十隻狼獾襲擊，差點死在裡面，過幾天還得再去一趟，這次可要預做準備。」

「雷因呢？」

「雖然可以解決問題，但我希望盡量別驚動他人。」

「這樣啊，狼獾是晝伏夜出的群居動物，外表看起來蠢笨但懂得分工圍獵，真要說什麼具體的天敵……」喬納森拖長語調，陷入沉思半晌才接著說下去，「只能肯定牠們會怕蛇或其他大型獵食者，數量那麼多一般獵食者根本沒辦法，否則也不會不停繁殖增生。」

「看來真的不能單靠我們倆……」

「真可惜，要不是我的腿不中用，真想去見識看看是什麼東西能把你難倒。我可沒忘記你這臭小子天不怕地不怕，什麼任務都敢接，什麼地方都敢闖。」

「我當時年輕氣盛，因為無知所以無畏罷了，要不是碰上你們這些伙伴，都不知道死了多少回。」

「兄弟之間說這些就沒意思了。喝！把酒裝滿，快喝！」

喬納森與昆汀的閒聊在耳邊嗡嗡作響卻沒聽進去多少，塞德里克仰頭飲盡杯中酒液，思考著如何短時間內在不驚動古梟會的前提下，順利籌組大量人馬。

然而他還未得出結論，就見與昆汀一杯接一杯拚酒的喬納森突然回過神，「大自然有一定的規律法則，不可能放任一種動物過度發展，牠們活動範圍內勢必有天敵存在，除了動物也可能是植物。」

「昆汀也是這樣推測，但從當地老獵戶那裡沒得到什麼頭緒。」

「說起來你們當時上山是什麼情況？」

「我們追著一群人上山，反應過來的時候就被狼獾群包圍了。」

「所以追丟了？」

「這表示那些人順利避開狼獾，他們一定有對付狼獾的方法！」一個簡單卻從未細想的念頭飛快掠過腦門，塞德里克驀地瞪大眼，「他們前進的速度沒有被拖慢，現場也沒有遺留打鬥痕跡，所以並非依靠武力取勝，現場應該有什麼值得注意的地方……」

「香味！有一股香氣，不是常見的花香……」

循聲望向昆汀頻頻敲擊桌面的手指，塞德里克闔上眼，徐徐穩定呼吸。幾秒鐘後，他彷彿真的回到那命懸一線的半山腰，視界內是伸手不見五指的黑暗，試圖忽略存在感強烈的獸眸和嗥叫，塞德里克將注意力集中於嗅覺。

「你這麼一說，好像隱約有聞到一股酸酸甜甜的味道，不是莓果也不是檸檬，比較像是柑橘類的氣味，似乎在其他地方聞過……」染上興奮的語速加快不少，雀躍的氣泡紛紛湧上心頭，那是逐漸接近真相的戰慄與迫不及待。

「除了常見的柳橙、橘子或佛手柑等果實，檸檬薄荷、月橘和苦橙花也會散發柑橘味。」

昆汀每提一項，塞德里克便與印象中的氣味比對。突然間一個鮮明的畫面躍上腦海，沒有翳日的烏雲，困擾多時的煩惱總算露出曙光，「我想起來了，那位老獵戶自製的花草茶也有這種味道！」

有了方向，塞德里克巴不得即刻折回沃爾德城驗證推論的正確性，只是散沙似的葉尼城已多日無人看管，擔心再生事端，只能多返回一趟才能安心。

塞德里克逕自陷入沉思，另一頭的昆汀和喬納森已經另起話題，天南地北地敘舊。待到他回神，兩人恰好提及昆汀左手無名指的戒指，「哎！臭小子你手上那什麼東西，結婚了？」

聞言塞德里克心頭一跳，不著痕跡地蜷起手指，指腹摩挲著冰涼的金屬環，胸口全是亂糟糟的複雜情緒，有幾分對於身分的顧慮，幾分對於昆汀並未直接言明的不滿，還有幾分對於自己如此優柔寡斷的惱火。

「對啊，沒多久之前的事情。」

「恭喜啊！當年那個總說不想結婚的臭小子竟然也有今天，這下你可不能再禍害其他女孩了！」喬納森撫掌大笑，嘴上雖打趣著，卻不難看出是由衷為昆汀感到開心。

「禍害？」

「別看昆汀這模樣，他可受歡迎了，到哪裡都能招蜂引蝶。」

聞言塞德里克眉峰一跳，「是嗎，沒想到你那麼受歡迎呢。」

「我們搭檔一年多，每次到不同地方執行任務總有女孩傾心於他。我想想……像是在西之國、凱蘭地區、納奇爾公國，就連基羅山區那種人煙罕至的地方也有愛慕者。」

「那些女孩眼光真不好。」隨口虛應著，塞德里克驚覺自己確實對昆汀的過去一無所知，先前是毫無興趣，如今是找不到詢問的合適時機。

「就是啊，我明明這麼帥氣俊俏，人又幽默風趣，哪像他明明就是根直腸子的木頭，不會說話又不會哄女孩開心，也不知道她們看上他哪一點……」

「喂，你是誇我還是損我呢？夠了別喝了，腦子都喝糊塗了。」

「我才沒醉，可以再喝。」只見喬納森躲開試圖阻攔的昆汀，唱反調似的仰頭灌下大半杯啤酒，「里奇我跟你說，你都不知道每次那些女孩有親暱一點的動作，昆汀就傻乎乎地發愣，然後臉紅得跟蘋——」

伴隨喬納森絮絮叨叨的抱怨，塞德里克滿腦子都是昆汀與不同女性親暱依偎的畫面，或柔情蜜意，或打情罵俏，或耳鬢廝磨，直到超乎預期的關鍵字如雷一般重重劈開思緒。他怎麼也沒料到偶然聚會帶來的驚喜和驚嚇竟能不斷增加。

「等等，你剛才說……娼館？」

「那是去埃洛菲爾國穆迪克西城的時候，還是維希城？」

「是維希城。」

「哎呀，雖然任務出了點小狀況差點連命都丟了，但也算是因禍得福。」只見喬納森嚥下嘴裡的牛肝，圓潤的臉上洋溢著喜悅和懷念，「嘿嘿那裡的美人喔，柔軟的胸脯、鮮紅的小嘴、白嫩嫩的大腿，可漂亮了。」

「把你的口水抹一抹，都要滴到盤子上了。」

「聽起來豔福不淺啊。」塞德里克望向一搭一唱的兩人語帶調侃，噙著笑意的嘴角卻不受控制地小幅度下垂。

「別看這臭小子一副道貌岸然的樣子，實際上便宜都給他占了！當時那兩個女孩一直往他身上湊，親得他滿頭滿臉都是唇印。」

「這麼大個子還這麼小心眼，都多少年以前的事情了，還挖出來抱怨。」昆汀朗聲大笑，並未反駁喬納森的控訴。

「我心有不甘嘛！」

「我才應該不甘吧！你自己說，你為了女人出賣兄弟多少次？」

「反正你皮厚肉硬也沒什麼損失。」

「那是因為我命大！」

「別那麼計較，我也是幫你擋過不少——」

相熟的老友你一言我一語互揭底細，掛上結束營業吊牌的酒館鬧哄哄的，與兩人同坐一桌的塞德里克卻沒來由地感到孤寂。

Quentin Nestor × Cedric Diallos

NORTHERN EMPIRE

第13章

告別喬納森，昆汀與塞德里克由沃爾德城返回葉尼城花費約莫一天半時間，奔波的兩人才剛洗去一身沙塵和疲憊，還來不及喘口氣，侍衛就傳達有訪客到來——尼古拉公爵夫人使者求見，邀請塞德里克前往岡鐸城。

對於意料之外的來人，塞德里克沒有直接拒絕。即使沒有明說，昆汀也清楚對方猶豫的原因。一則是葉尼城後續接管者尚未抵達，二則是尼古拉公爵因為謀逆罪名被關押，同樣涉嫌重大的長子安東尼男爵下落不明，這種敏感時機來訪，任誰都能看出背後另有目的。

所幸葉尼城雖由於無人主事時不時產生瑣碎紛爭，但整體而言依舊規律運作，大多數居民十分珍惜失而復得的自由。塞德里克躊躇許久，最後決定再次擱下葉尼城，應邀前往岡鐸城。

再次上路前，他匆匆派出信鴿至王城回報現況，更利用極短時間調整城中侍衛的職務，並與逐漸回歸正常生活的盜賊團伙連繫，確保發生突發狀況時有所準備。忙於安頓各項事務的王儲幾乎廢寢忘食，正因為如此，昆汀直到前往岡鐸城路途中，才察覺塞德里克有些不對勁。

男人的表情神態或說話方式看似一切如昔，然而仔細觀察，就能發現塞德里克格外寡言，正事之外別說一句話，矜傲的王儲就連一記眼神也不願施捨分毫。原先昆汀並未多想，可是當他們抵達岡鐸城隨即被尼古拉公爵夫人軟禁後，兩人互動仍不見改善，他的推測獲得了證實。

將人衣食無缺關在富麗堂皇的客房，除了必要生理需求，什麼事都不用也不能做，顯見塞德里克先前的異狀並不只是出於忙碌，而是有意疏遠。比起自由受限，塞德里克陰陽怪氣的態度更令昆汀無所適從，理智上清楚這種危急時刻應該先將注意力放在前者，但情感上卻忍不住將後者列入最優先事項。

回顧這些天，鑑於兩人的對話少得可憐，他很快就鎖定與喬納森重逢的那晚，諸多話題中，最為敏感也最可能導致現況的就是娼館。還記得在酒精催化下，當時陷入年少追憶的昆汀與喬納森一唱一和，根本沒有注意塞德里克的反應，如今理智和歉疚一併回籠，轉瞬就將昆汀吞噬其中。

雖說事發在婚前，但在伴侶面前恣意談論其他女性，不僅極為失禮也極為侮辱。驚覺嚴重性的昆汀越發坐立難安，起身在客房內來回踱步，目光屢屢瞄向倚靠在窗邊的塞德里克。然而男人沐浴在陽光中，捧著書架上隨手取得的詩集正全心投入閱讀，似乎不受影響。

相對昆汀的焦躁，塞德里克不疾不徐的模樣顯得從容優雅，兩人之間分明幾步就能靠近的距離，卻遙遠得彷彿難以觸及。即便已在心頭排練無數次，昆汀真正開口時仍舊詞不達意，「那個里奇……關於在娼館過夜的事，你別聽老喬胡說，他喝了酒之後總是亂說話……」

「所以去過嗎，娼館？」

撞進一汪深邃的翡翠色眸瞳，猝不及防的提問讓昆汀險些咬到舌頭，「呃，確實去過，可是那只是意外。」

「我沒去過，不和我分享一下嗎？」只見塞德里克綻開微笑，笑得溫暖和煦，周圍的氣氛

卻在瞬間凝結，寒得刺骨凍人。

「就是，我們在維希城執行護送任務，雖然將護送對象安全送達，但過程中意外得罪當地勢力，為了暫避追擊被迫在附近娼館躲了一夜，就這樣而已。」

「就這樣而已……」

塞德里克的語氣輕描淡寫，昆汀卻聽出足以危及性命的威脅，下意識嚥了口唾沫，「雖然喝了酒但什麼都沒發生，相信我。」

「我相信你。」

「真的？」昆汀猛地瞪大眼，沒想過塞德里克竟會如此乾脆。「可是你這幾天和平常不太一樣，所以我以為……你誤會了。」

「有什麼能夠被誤會的嗎！」

造訪娼館意味著什麼幾乎理所當然，面對男人的反問昆汀不是沒有答案，但說出口無疑與自投羅網無異。

「呃就是，我……」迎著冷冰冰的注視，昆汀侷促張嘴又尷尬地闔上，喃喃之際就被塞德里克先一步搶白。

「看來是多得數不清了。」

「不，不是！」昆汀還未想到該如何解釋，塞德里克卻無預警地握住自己的手，「咦，這是……」他困惑地眨了眨眼，雖然不解仍循著本能回握掌心傳來的熱源。

「臉紅了嗎？」

「我嗎？」昆汀下意識摸上臉頰，怎料下一秒，兩人還相連的手突然傳來向前猛拉的力道。

儘管昆汀反應及時，也只來得及在失去重心剎那伸手撐住窗框，雖說勉強阻止摔倒的慘劇，但整個人幾乎撲在塞德里克身上，距離近得一抬頭就能感受到男人呼出的鼻息。

「抱歉，有壓到你嗎？」

昆汀一邊道歉一邊掙扎著試圖起身，塞德里克不僅不幫忙，反倒湊上前來一把捏住他的下巴，端詳什麼似的左右翻看，好半晌才吐出宣判，「就算靠那麼近也沒有臉紅的跡象。」

「為什麼會臉紅？里奇你先放——」

「叩叩。」

打斷昆汀的是響亮的敲門聲。兩人雙雙望向聲源，接著傳來一陣金屬鍊條與鎖匙撞擊的聲響，金髮王儲沉下臉，本就冷然的表情更加不悅，終於不甚甘願地鬆手。

「兩位殿下。」與先前送餐時相同，即便無人應答，房門仍舊由外頭被人打開。

來者是名年輕侍女，面容姣好加上身形曼妙，即使是昆汀也能看出外型十分出挑，搭配嬌俏可人的嗓音確實有撫慰人心的效果。但身為兩天前才剛踏入岡鐸城就被軟禁至此的囚犯，確實沒有心情回應。

侍女似乎不在意兩人的沉默，自顧自走近窗邊的金髮王儲，姿態婀娜地屈膝行禮，「塞德里克殿下，夫人邀請您參加茶會。」

「恰好書也看膩了，走吧。」

昆汀跟在塞德里克身後，沒想到還未踏出房門，就聽見女聲響起，「抱歉昆汀殿下，茶會的賓客只有塞德里克殿下一人。」

「可是——」瞇眼打量橫擋在自己與塞德里克之間的兩名侍衛，僅止一瞬昆汀腦中已掠過至少五種擊敗對方的方式，所需時間甚至不需要三十秒。

然而礙於情勢尚不明朗，昆汀擔心貿然動手會打亂塞德里克的安排，只能將實際行動改以言語抗議，「考慮到你們失禮的待客之道，我不放心里奇安危。」

態度凜然的昆汀與前方不遠處的塞德里克隔空對望，思考著男人會順勢幫腔附和，一如這些日子以來培養的默契，順利擺平眼前這些不足掛齒的小障礙，豈料事與願違。「不用，我自己出席就行了。我們走吧，別讓夫人久等。」

「什、什麼？」塞德里克的倒戈彷彿一根針，直接戳破昆汀充脹胸臆的志得意滿。

一起合作的這些日子，兩人確實鮮少正經八百討論計畫，不過如果碰上緊急狀況，總能善用彼此優勢截長補短，此時直接被拒絕的場面是頭一回發生。

錯愕、尷尬、震驚等形容詞已不足以形容昆汀此時的情緒，遭受背叛的苦澀和酸楚取代自信和底氣，僅餘下洩了氣的皮囊。這下他總算明白，塞德里克所謂的沒有誤會顯然誤會大了，甚至用這種方式表達不滿。

孤身被遺留在原地，昆汀一動也不動，只能眼睜睜目送漸行漸遠的背影，甚至閃避不及險些被再次閉合的厚重房門撞上。

等等，那名侍女似乎和金髮王儲靠得越來越近？果然剛才察覺的異狀並非錯覺，該名女性的確刻意在塞德里克面前賣弄風情。

若在過往，向來遲鈍的昆汀極有可能不會發現細微的氛圍變化，然而不久前兩人尷尬的對話才進行到一半，再加上塞德里克拒人於外的態度使他碰了一鼻子灰，火氣不自覺被燎起看什麼都不順眼。

翌日午後，眼見同樣情形再度重演，這回昆汀不再寄望口頭遊說，三兩下制服侍衛，以壓倒性武力獲得出席茶會的資格。

茶會舉行地點是在綠意盎然的花園中央，尚未靠近遠遠就能瞧見一頂綴有鈷藍色羽毛的醒目遮陽帽。那是名挽著整齊髮髻的女性，雖說臉上難掩歲月痕跡，但精緻的妝容打理得一絲不苟，依舊貴氣逼人。

看了一眼等候多時的女性，昆汀看向明顯倉促增加的椅子，扯了扯嘴角自鼻腔發出一聲悶哼。他才剛入座，稱不上友善的女聲隨即由主位傳來，「沒想到親王殿下對茶會這麼有興趣。」

「希望我的參與不會打擾琳達夫人興致，畢竟里奇和我新婚不久，離開彼此即使一秒鐘都難以忍受。你說對嗎，里奇？」

「呃，是啊……」

目光掠過塞德里克蹙起的眉頭，出了口惡氣的昆汀轉向有些年紀的女性露齒一笑，或許是滿腹不滿和憤怒所致，這番明嘲暗諷的揶揄無需腹稿就足夠流暢，「不知道那兩位的傷勢還好嗎？很抱歉，事關里奇我一急之下下手就不知輕重。」

「兩位殿下的感情可真是羨煞旁人。」

聞言昆汀下意識將視線投向一旁的塞德里克，目的十分簡單，等候對方做出反應，再判斷該如何行動。他清楚這過於衝動的行為可能招來意料之外的麻煩，如果感覺被冒犯的男人選擇袖手旁觀，昆汀身為闖禍者當然得肩負搭話的責任。

但顯然在片刻震驚過後，塞德里克已恢復冷靜，「聽說夫人與公爵閣下自幼熟識，婚後多年始終鶼鰈情深，可謂模範夫妻的典範。」

「說到模範，陛下和托爾親王才稱得上是上天恩賜的一對。」只見琳達夫人捏著裝飾華麗的杯耳啜了口紅茶，笑吟吟地說道。

互相誇讚吹捧，你來我往的對話裡頭有多少真心誠意並不重要，表面的虛假禮貌下，藉機踩人一腳更是司空見慣。茶會與晚宴相同，無疑都是考驗耐性和演技的場合。

塞德里克和琳達夫人都是貴族出身，深諳此道的兩人話題一路從茶葉產地、沖泡水溫、點心種類，再到天氣變化對花季造成的影響，甚至是社交季近期流行的顏色和服飾。繞了超過三十分鐘，率先沉不住氣的是琳達夫人，「不知殿下打算在這邊住多久呢？」

「夫人這是不歡迎我們？」只見塞德里克夾了顆方糖放進熱燙的紅茶中，攪拌的優雅姿態和語氣同樣不疾不徐，卻存在感十足，「我倆受邀做客，主導權不是掌握在夫人手中嗎？」

尾音結束的剎那，男人將銀匙置於瓷盤右側，輕碰造成的清脆聲響猶如宣告開戰的號角。

「你……」

「夫人請說。」

「打開天窗說亮話吧，我兒子在你手上，我丈夫在你父親手上。你們若是不放人，我也不會放人。」易碎的瓷質茶具因為女性拍擊桌面匡啷作響，相對塞德里克的從容，琳達夫人的態度難掩急切。

「關於您的指控我有幾點需要澄清，首先公爵閣下是由於謀逆叛國入獄，能否獲釋尚待查清。」眼見氣氛一觸即發，塞德里克仍然淡定，三兩下將責任推得一乾二淨，「再者，擅自課增賦稅欺壓百姓的男爵閣下雖然曾經由我關押，但現在已經不知去向，究其原因想必夫人應該更清楚吧。」

雖然塞德里克說得篤定，但昆汀清楚男人意在試探對方底細。

那夜將安東尼視為目標的共有兩批人馬，根據猜測第一批由老管家領路，應是聽命於尼古拉家族的家僕；第二批黑衣人晚了一步出現，但成功由前者手中帶走安東尼，甚至在沃勒山甩開試圖追蹤的昆汀和塞德里克。如果並未轉移，理論上安東尼應該仍在第二批人馬，亦即是古梟會手中。

「你故意讓我的人救出安東尼，再安排另一伙人中途把他劫走，為了撇清關係甚至不惜殺死所有知情者！」

那些家僕死了？什麼時候？又是在哪裡遇害？昆汀一愣，不著痕跡地望向同樣感到震驚的塞德里克，困惑接二連三浮上腦海。

「如果不是清楚內情，我幾乎要被您豐富的想像力說服了。」

被塞德里克的說法逗樂，昆汀抿了抿唇，強壓下忍不住上揚的弧度。

想當然爾琳達夫人並不認同男人的幽默感，「尊貴的王族佯裝是被害者，實際上卻暗中嫁禍給尼古拉家族，狄亞洛斯的血統果然特別，齷齪手段和過往祖輩一樣令人不齒。什麼古梟會根本不存在，一切都是你們為了打壓貴族捏造出來的幌子！」

女人態度輕蔑用詞尖銳，身為旁觀者都免不了被激怒。昆汀做好隨時出手攻擊的心理準備，沒料到向來心高氣傲的塞德里克反倒彎起嘴角，「既然如此，我有什麼能夠為您效勞？」

「立刻釋放我的丈夫和兒子！否則我就殺——」

「殺了我嗎？」只見塞德里克低笑出聲，彷彿聽聞什麼有趣的笑話，「我是您唯一的籌碼，殺了我就什麼也沒有，這點您很清楚吧？夫人您沒有玉石俱焚的勇氣，否則這幾天也不會只是把我們關在房裡。」

「不，我——」

「既然您無話可說，那就換我了，麻煩您屏退閒雜人等。」

「殿下擔心事跡敗露嗎？」女人雖依要求清場，嘴上仍舊不饒人。

「凡事都該謹慎，誰知道夫人是否養了些不該養的寵物。」

「我的人毋須殿下指手畫腳！」

塞德里克看了激動的女性一眼，緩緩開口：「我認為公爵受人誣陷的可能性很高，當然不是相信所謂的忠誠，而是這一連串事件進展得太過順利，就像是有人刻意安排。」

若說琳達夫人是座亟欲爆發的火山，塞德里克便是深不可測的冰山，乍看頗有幾分尤萊亞那股令人難以捉摸的神韻。

毫無疑問這個話題輕易抓住琳達夫人的注意力。只見女人在頃刻間放大瞳孔，臉上先後掠過喜悅和懷疑，最後歸於警戒，「殿下以為這樣說，我就會放你離開嗎？」

「不過您的兒子，安東尼男爵閣下，恕我直言顯然爵位不保。他假借陛下名義荼毒百姓，強徵糧食對外輸送，合理懷疑他與古梟會有勾結，從書房搜出來的信件就是證據。」

「不可能！安東尼他不可能這麼做！」

聽聞琳達夫人的辯解，昆汀不由得咧嘴嗤笑，「他當然可能那麼做，仇視王族顯然是尼古拉家族遺傳。」

「這是誣陷！安東尼在哪裡？我要見他，你們把他怎麼了？」

「雖然您的猜測十分精彩，但殺死您的家僕把安東尼劫走的人不是我，而是穿著黑衣的古梟會。」

「你前一句說安東尼與古梟會勾結，後一句卻說是古梟會劫走安東尼，看來殿下撒謊的功力有待加強？」

似乎認定從塞德里克的話中抓到漏洞，神經緊繃的琳達夫人發出一聲嗤笑，總算鬆了口氣。

「您現在的反應可說是正中古梟會下懷，讓尼古拉家族與王族互相懷疑進而為敵，就是古梟會的目的。」

「這都是你的片面之詞，其實安東尼還在你手上吧！」

「我們曾經目睹那群黑衣人動手，只是他們離開時，包含葉尼城的管家在內所有家僕都還活著。」

「就算你說得是真的，怎麼能肯定安東尼還活著？那群惡徒把所有人都殺死了，我的兒子他……」接連受到打擊，琳達夫人雖不願相信塞德里克的說法，卻更不願接受兒子可能枉死某處，說話不禁有些顛三倒四。

「我們已經初步掌握黑衣人躲藏的據點，研判安東尼與他們在一起的可能性很高。」

「你和我說這些不可能單純出於善意吧？」琳達夫人不愧是縱橫各大社交場合的人物，恢復冷靜後很快便抓到重點。

「和聰明人說話就是省事。」暗藏的居心被識破，單手支著下頷的塞德里克笑靨如花，絲毫不見慌張，「我有個計畫，而您是不可或缺的要角。」

「你早就料到我的行動？」

「一切盡在掌握。」

望向態度淡然篤定的塞德里克和為之震驚的琳達夫人，昆汀垂眸喝了口紅茶企圖遮掩不受控制的面部表情。他可沒忘記在收到邀請前，前者還心心念念要再前去沃爾德城細探沃勒山，此時大相逕庭的說詞顯然是配合局勢轉變誇大其辭。

雖然一本正經的王儲說服力十足，但琳達夫人畢竟不是涉事未深能夠輕易拐騙的孩子，「我為什麼要相信你？」

「因為您別無選擇。」面對質疑塞德里克全然不見慌張，慢條斯理地將嘴裡的燕麥餅乾嚥下，這才挑起眉眼，「先不論少了我您找不找得到安東尼，單就指使家僕劫獄或綁架王族成員的行為，每項都足以招來謀逆罪名。」

「殿下是否忘了身在何處，竟敢這樣跟我說話！」琳達夫人顯然對於局勢的發展十分不滿，氣得咬牙切齒。

「對我個人而言，倒是很樂見尼古拉家族繼續頹敗。」

先是利誘再是恐嚇，談判精髓便是巧妙掌握兩者之間的分寸，讓對方誤認自己占了便宜。這個策略的箇中道理並不複雜，卻不是任何人都能如同塞德里克這般行雲流水，精準控制施加和放緩壓力的瞬間。一如此時他刻意讓沉默維持了三分鐘之久，才再次開口：「夫人您是聰明人，如何抉擇不用我提醒吧。」

主導權看似伴隨提問易主，實際上始終牢牢握在塞德里克手中。誠如男人所言，琳達夫人並沒有太多選擇，若不願玉石俱焚，合作賭一把是最後的生機。

「你能保證尼古拉家族的安全？」

「當然不能，犯錯就該接受應有的懲罰。」只聽塞德里克直接笑出聲，公事公辦的答案毫不留情，「我能帶您找到安東尼，讓尼古拉家族接受公正審判，至於結果並非您我能夠左右。」

「我需要做什麼？」男人不給面子的反應顯然通過了試探，琳達夫人態度軟化不少，兩人的對話總算直奔主題。

雙方取得共識後討論效率明顯提升許多，根據塞德里克提出的大方向，兩人很快便敲定放出風聲的時間和方式，以及返回王城的隊伍等分工細節。

期間昆汀始終保持沉默，直到返回客房確認所有閒雜耳目都已離開，這才提出意見，「預計同行的都是尼古拉的人，若是途中發生什麼意外，我擔心只有我們兩個會難以應付。」

雖然與琳達夫人暫且因為共同利益結為同盟，但脆弱的合作關係能夠維持多久誰也說不準。如果琳達夫人選擇背叛，原先的友方就會成為敵方，人數越多即代表越是難纏。

「所以我事先安排了幫手。」

「幫手？」

在矮几邊垂首書寫的塞德里克沒有搭腔，自顧自將字條捲成管狀。見塞德里克伸手推開窗扇，昆汀靈機一動，「你是說米菈和巴羅嗎？」

「拭目以待吧。」然而塞德里克既不承認也不否認，而是回以一抹神祕的微笑。

「如果不是雪鷹，是人嗎？可是現在才發信要求坎培紐城提供協助，時間上……」昆汀咕噥著皺起眉頭，心頭的好奇更甚。

†

沒能刨根究底問出答案，昆汀帶著滿腹疑惑度過數天，謎底終於在隊伍啟程當日揭曉。

那是清晨時分，天色仍灰濛濛尚未全亮，準備妥當的昆汀佇立在作為臨時囚車的馬車邊，尚在困惑為何不見琳達夫人以外的同行者，注意力就被逐漸由遠而近的馬蹄聲吸引。

昆汀才抬頭，一個全副武裝的五人小隊便映入眼簾，「咦？」

只見馬背上來者身穿成套鎧甲及深藍色披肩，掛在馬側的盾牌烙有北之國特有的雪鷹紋章。這副打扮昆汀再熟悉不過，正是隸屬王族的王家騎士團。其中最吸睛的莫過於為首的男人，一頭烏黑長髮，純白法師袍在風中獵獵作響，相對後頭成片蒼藍顯得格外醒目，那是理應遠在王城的首席魔法師拜倫。

「里奇，那些是——」

然而昆汀話都還沒說完，塞德里克已經迫不及待迎上前去，「你遲到了。」

他的抱怨透漏出兩件事，一是男人的到來並非意外，二是再次證實兩人的交情非比尋常。

「單憑那幾封信指使我做這做那的，你還好意思惡人先告狀。拜你所賜，我有一鍋顧了大半個月，好不容易快完成的魔藥全毀了。」

「事態緊急嘛，而且你也需要出來走走，總關在塔樓會發霉的。」

「有勞殿下如此掛記，我該叩首謝恩嗎？」

「拜倫閣下毋須多禮，我們該出發了。」

兩人神態親暱你來我往地鬥嘴，昆汀悶不吭聲杵在一旁，既不願離開卻也搭不上話，所幸塞德里克並未遺忘正事。

「啟程。」他揚起馬鞭朗聲下令，押送謀反共犯琳達夫人返回王城覆命的隊伍總算緩緩啟程。

這支隊伍共有九人，除了車夫和馬車內的琳達夫人，另有昆汀在內的八名騎手。其中拜倫在前頭領軍，塞德里克於後方壓陣，昆汀則負責在中央游移戒備，浩浩蕩蕩的一行人雖稱不上招搖，但也絕非低調。

昆汀見負責殿後的塞德里克與隊伍相隔有些距離，連忙策馬靠近壓低聲量，「他為什麼會在這裡？」他的目光直勾勾鎖定騎在前方的魔法師。

「你說拜倫？我們對外宣稱琳達夫人是參與謀反的嫌疑人，父王派遣王家騎士協助押送，挺合理的吧。」塞德里克一派悠閒，顯然沒有察覺昆汀的浮躁，「更何況我們不是人手不足嗎？」

「可……」昆汀一頓，即便清楚塞德里克的安排合情合理，但情緒終究勝過理智，沒來由的焦慮和煩悶紛紛湧上心頭，「他帶來那麼多騎士，都確定是自己人嗎？」就算他再遲鈍，也知曉滿腹的負面情緒與彷彿救世主般降臨的拜倫脫不了關係。

「當然不是，那些都是琳達夫人安排的人。為了增加可信度讓他們穿上騎士團的制服罷了，從你的反應看來已經足夠欺敵了。」

昆汀一瞪眼，本就高攏的眉間登時多出幾道疙瘩，男人難掩笑意和驕傲的語氣聽在耳中只覺得格外諷刺。他深深吸了一口氣，不自覺提高聲量，「所以就連琳達夫人也知道計畫，只有我不知道？」

「嘿，冷靜一點，她也不知道拜倫會來。」

自鼻腔發出一聲悶哼，昆汀越說越來氣，「喔，是嗎。多虧有琳達夫人準備服裝，那些假騎士才能如期和拜倫會合。」

「那是因為——」

「顯然在殿下心目中，就算是她也比我值得信任。」從塞德里克臨陣倒戈開始，再到侍女過於殷勤示好，然後是拜倫無預警出現，不滿逐漸累積，發現自己被排除在計畫外是點燃昆汀怒火的最後一根稻草。

「不是！我沒有那個意思，你別無理取鬧。」

聽聞此話，昆汀登時倒抽一口氣，鼻頭一酸，憤慨和委屈直衝腦門。「我該回去自己的崗

位了。」他凝神盯著男人看了半晌，最後不再辯駁，只是拋下這句話便逕自與塞德里克拉開距離。

雖說負氣離開，但昆汀的注意力仍舊不爭氣地朝向塞德里克，尤其是在隊伍歇息，男人和拜倫湊在一塊交頭接耳時，耳朵幾乎不受控地豎起。拜風向所賜，處在下風處確實聽見了模模糊糊的對話。

「……看起來關係不錯啊。」

「都鬧僵了哪裡不錯。」

「鬧僵的前提是雙方有一定感情基礎，這表示──」

男人的話還沒說完，昆汀卻無暇再聽。畢竟與拜倫對上視線的瞬間，他只顧得上倉促迴避，左胸口內的臟器因而跳得飛快，哽在喉間的除了做壞事被逮到的難堪，還有不願服輸的氣惱。

這段小插曲令昆汀更加無所適從，在男人有限的二十年人生經驗中，從未學習如何處置那彷彿能夠吞噬理智的陌生情緒。因為在意所以心懷芥蒂、斤斤計較，他懵懵懂懂地知曉了這種複雜困擾、惹人生厭又干擾判斷力的情緒名為嫉妒，卻從未學過如何排解。

稍加冷靜後，昆汀對於自己的態度並非不後悔，但愧疚混合著羞赧和慍怒，想要循著本能靠近，但真要主動低頭卻又心懷疙瘩，再思及塞德里克這些日子有意無意的疏遠和剛才由拜倫臉上捕捉到的笑意，他益發認定此事不可輕易帶過。

兩人之間的冷戰就這樣僵持將近四十八個小時，每每瞧見塞德里克與拜倫互動依舊熱絡，看似全然不受影響的模樣，昆汀的鬱悶和煩躁便如同泡沫般接連浮上心頭。

儘管昆汀再不悅，隊伍仍然依照計畫的路線穩定前進，而越是接近岡鐸城邊境，本就備受情緒影響的神經便越是緊繃。從地圖上看，岡鐸城與位於西北方的王城距離不遠，但兩城之間相隔高聳的瑞莎格山，若不翻山越嶺，只能經過相接岡鐸城及錫恩城的唯一通道梅斯峽谷。

峽谷顧名思義是由峭壁圍聚而成的狹窄通道，梅斯峽谷東鄰沃爾德城的沃勒群峰，西壤瑞茲城的瑞莎格山，位於四城交會之處，戰略位置可謂極為重要，也是昆汀及塞德里克一致判定適合且古梟會可能安排埋伏的地點。

明知暗處敵方虎視眈眈，卻非要以身犯險的理由很簡單，塞德里克打算以自身和琳達夫人為餌主動亮出破綻，藉以引出古梟會的爪牙，再趁其不備反過來加以利用。雖說先前便推測古梟將一部分兵力和物資藏匿於沃勒群峰，但沃勒群峰綿延數十英里占地寬廣，如果擅自闖入，極可能鎩羽而歸甚至打草驚蛇。

當時塞德里克正苦惱如何不著痕跡地設下圈套，琳達夫人的邀請來得正是時候。與琳達夫人合作無疑是著險棋，對塞德里克而言，勞師動眾演出這齣押送犯嫌的戲碼是為了抓住古梟會，亦是為試探尼古拉家族真正的立場。

對於琳達夫人，犧牲自己配合塞德里克是為了找回安東尼，亦是想見識膽敢誣陷尼古拉家族的謀逆組織。對於古梟會，這批自己送上門的誘餌既是顯而易見的陷阱，也是得以一舉搶得先機的大好機會。

三名執棋者各有立場各懷鬼胎，握著彼此的軟肋維持微妙平衡，既擔心對手上當，又擔心對手不上當。就在這樣的忐忑情況下時間一分一秒過去，很快來到午後四點。

「已經接近梅斯峽谷了，大家提起精神趁太陽下山前趕路，預計今晚在錫恩城郊區紮營。」話雖如此，但冬日將近天色暗得早，塞德里克才剛提醒不久，蒼穹便悄悄蒙上一層鮮豔的腥橙色夕霞。

昆汀並未將梅斯峽谷可能暗藏殺機的猜測外傳，不過人人皆有避險的直覺和本能，乖順的馬匹頻頻噴氣，隊伍中不安的氛圍被遠處傳來的刺耳鳥鳴渲染得更加濃郁。所幸這種充滿不確定的膠著並未延續太久，就聽見不尋常的響動自四面八方傳來，窸窸窣窣的聲音越來越近越來越大聲，驚得馬匹步伐退卻。

「來了。」勒停胯下焦躁不安的坐騎，昆汀警戒地四處掃視。

「大家小心別慌，保護琳達夫人。」

看了一眼出聲下令的塞德里克，昆汀皺著眉頭再次高呼：「左側！至少五個人！」

話音剛落，數道漆黑人影便由左側樹林之間竄出，雙方隨即打成一團，前一刻還是寂寥空曠的峽谷一時間全是刀光劍影。

「右側山坡裡還有人，人數不明，大家小心別分散了。」昆汀反手格開砍向左肩的攻擊，逮到黑衣人退開的同時直衝上前，劍刃直取敵方右側胳膊，緊接著見血的是左腿，不斷增添的傷口拖慢反應速度，敵人很快就被迫繳械。

黑衣人並不難纏，但數量遠比己方來得多，考慮到隊伍中還有手無寸鐵的魔法師和女性，擔心另生事端的昆汀不再刻意收斂攻勢，如虹的長劍越發刁鑽難以捉摸。

這會昆汀俐落地解決第二人，趁隙喘了口氣，抬頭正欲察看整體局勢發展，就見一名黑衣人揮舞著長劍朝塞德里克背後偷襲。

「里奇小心！」昆汀瞪大眼，心臟似乎在那瞬間忘了如何跳動。然而兩人之間相隔有段距離，加上雙方吆喝和武器碰撞聲響相當嘈雜，他的提醒根本沒有引起塞德里克的注意。敵方逐漸逼近，乾著急的昆汀連連夾緊馬腹催促，眼見趕不上索性揚起右臂，奮力將手中的配劍拋擲出去。

「鏘！」眼見帶著重力和速度的銀光將敵方武器攔腰撞斷，好不容易搶在黑衣人下手前阻斷偷襲，昆汀鬆了口氣，這才有餘裕注意到，黑衣人斷裂飛出的劍尖原先應該會擦過塞德里克的衣角，卻在即將相觸的瞬間突然被彈開。

昆汀一愣，定睛細看才發現塞德里克身旁浮現一圈半透明的光罩，但僅是稍縱即逝，轉眼便消失無蹤。那顯然是個護盾法術，昆汀下意識望向施術者，只見看似弱不禁風的拜倫不急不徐地操縱一顆顆光球，使黑衣人根本無法近身。似乎是察覺了他的視線，游刃有餘的男人看了過來，「多謝親王殿下。」

對上拜倫淡定無波的眸瞳，昆汀被男人周道的禮數哽得語塞，只能尷尬地扯了扯嘴角。魔

法師雖說手無寸鐵，但依憑深厚的法力底蘊，不僅足夠自保，還能將塞德里克的身後保護得不漏任何破綻，如今相較起來顯得昆汀很是不識趣。

越是比較昆汀便越是耿耿於懷，晃了晃腦袋不再多想，拉緊韁繩控制馬匹回頭，將怨氣全發在一再送上門的黑衣人身上。這場預料之中的拚搏沒有持續太久，雖說彼眾我寡，但憑藉眾人遠高於平均的武力，己方很快就占了上風。

抬眸掃過過半負傷的黑衣人，昆汀思考著勝負即將揭曉，沒曾想一道沙啞的男聲響起，「琳達夫人，我們有相同的目的，相同的敵人，與我們聯手尼古拉家族才有重返榮耀的一天。」

或許是見敗勢顯露，領頭的黑衣人動起策反琳達夫人的歪腦筋。火熱的戰事因為這番話突然起了微妙變化，穿著王家騎士團制服實則效忠尼古拉家族的眾人不自覺停下動作，紛紛望向馬車。

「古梟會所謂的聯手，就是利用雪鷹圖騰栽贓尼古拉家族嗎？」好半晌高亢的女聲打破沉默，琳達夫人在家僕攙扶下走出馬車。

「王族昏庸無能，蠻橫欺壓貴族和人民藉以中飽私囊，我們是站在尼古拉家族的立場為你們抱不平。」

「是抱不平還是藉機占便宜可不好說。」

聽聞雙方一來一往討價還價，昆汀暗叫不好，下意識望向塞德里克。與琳達夫人結盟本就出於利益，如今若有更具誘惑的選項出現，結果可想而知。原先雙方人數是十七比八，如果她選擇支持另一方，屆時更加懸殊的差距極可能導致戰況急轉直下。

昆汀正擔憂琳達夫人的理智不知能否堅持到最後，就聽見似曾相識的嗓音響起。「母親！若是沒有狄亞洛斯家暗中作梗，我們尼古拉家族曾經呼風喚雨，何苦需要承受更換紋章的屈辱，又豈會日漸頹靡凋零至此？」

有別於剛才冷靜煽動的語調，激動的男聲飽含了憤慨，或許過於情緒化，但對於思子心切的琳達夫人卻比什麼都來得有效果。

「安東尼！」總是端莊的女性發出一聲驚呼，上前抱住拉下斗篷帽露出真面目的男人，「你還好嗎？有受傷嗎？」

「我沒事，母親，肉體的磨難和心裡的不甘相比算不上什麼。」

「所以你、你真的和古梟會有連繫？」即使真相攤在眼前，琳達夫人仍舊有所遲疑。

「我只是不願意繼續忍受那些不公不義的對待……」

「夫人加入我們吧，與我們並肩推翻王族，重新建立自由的嶄新國度。」

尼古拉家族對於王族的不滿本就顯而易見，加上說者字句都直戳聽者心聲，琳達夫人雖未直接表態，卻不難看出已經有所動搖。見狀昆汀眉頭一擰，不由得握緊劍柄，悄悄策馬靠近塞德里克。

他的想法很簡單，不論塞德里克如何盤算，只要事態有所惡化，最壞的結果就是拚死殺出一條血路。當念頭成形，腦中隨之躍出無數種可能，就在昆汀忙於剔除恐怕會導致塞德里克受傷的選項時，始終沉默的男人總算開口。

「夫人可是忘了那些為尼古拉家族犧牲的家僕？」

「當然沒有！」琳達夫人想也不想便匆匆反駁，掙扎在眸底一閃而逝，「我們感念每位家人的奉獻。」

「什麼犧牲？母親，他在說什麼？」

不等琳達夫人搭腔，唯恐天下不亂的塞德里克先一步為安東尼解答，「男爵閣下可還記得當時是誰將你救出柴房？」

「是管家和宣示效忠尼古拉家族的騎士，他們都是箇中高手。」

「既然如此，那你現在可有看到他們？」只見金髮的王儲彎起嘴角接著問道。

「當然沒有！這些不都是王家騎士團的……咦？」在塞德里克的引導下，安東尼總算察覺異狀，「你是肯尼，還有班傑明……」

只見安東尼一臉混亂，困惑的視線來回游移於塞德里克與黑衣人之間，最後落在琳達夫人身上，「母親，這是怎麼一回事？」

「他們都死了，死於黑衣人之手。」

「不可能！那天古梟會的伙伴是想保護我，保護我的身分，所以才把我帶走，離開的時候管家他們都還活著！」

一如預期，古梟會的所作所為並非沒有破綻，只是抓住不同對象的弱點施予誘因，進而達到洗腦和操縱的目的。

「閣下可知道，保守祕密最好的方法是什麼？死人不會說話。」塞德里克沒有多說，恰到好處的提點給人更多想像空間。在這種三方鼎立僵持不下的時刻，他要做的並非取信或是拉攏對方，而是找出細微的齬齟挑撥敵方間的信任。

「你別胡說！別以為信口開河我就會相信！」安東尼身處高位，對於損失手下人馬並沒有多心疼，說穿了真正令他在意的是古梟會的欺瞞，以及做出錯誤決策的懊悔。

「既然不相信，何不親自求證？」塞德里克態度從容反倒顯得可信，這點由安東尼難掩遲疑的反應便可見一斑。

「母親，他在造謠吧？」

人的情緒會相互影響，當安東尼對古梟會的信任不再堅不可摧，連帶著前一刻幾乎要投誠的琳達夫人也冷靜不少。女人拉著安東尼的胳膊，語氣恢復往昔的平穩，「他們是真的死了，死在返回覆命的——」

「動手！」似乎認為策反無望，領頭的黑衣人甚至不讓琳達夫人有機會把話說完，毫無預警地沉聲下命。

「小心！」變故在瞬間發生，剛才靜止休戰的黑衣人全都揮舞著武器撲上前來，昆汀再出聲提醒已來不及。

安東尼是貴族出身，自幼接受劍術訓練，即使身手算不上頂尖，尚且足以勉強避開突如其

來的襲擊。相反地琳達夫人就沒有這麼幸運，只是眨眼的瞬間便倒在血泊之中生死未卜，被染紅的衣裙怵目驚心。

更令人詫異的是，出手襲擊夫人的男子身穿王家騎士團服裝，竟是不知何時被古梟會延攬蟄伏於尼古拉家族的奸細，這種滲透手法與先前塞德里克與昆汀遭使節團內部暗算的情況如出一轍。

「不！母親！」只見安東尼高呼出聲，盛怒的男人氣紅了眼眶，怒吼著攻擊擋在跟前的黑衣人，「你們竟敢！竟敢！」

平心而論安東尼的劍術並不高明，但勝在不要命，越發狠戾的攻勢取代必要的防禦，一時間竟無人能夠近身。他瘋狂的模樣震懾了黑衣人，而昆汀自然不會放過出手的大好機會，確定塞德里克安全無虞後連忙趁勝追擊。

或許是琳達夫人的遭遇同樣惹怒了家僕，只見己方氣勢大漲，轉眼就壓過先前尚且還能有所抵抗的敵方。眼見黑衣人接連傷重失去行動能力，戰事自然漸趨尾聲，當然看出頹勢的不只有昆汀，察覺不妙的黑衣人想也不想便拔腿狂奔。

「攔住他們！別讓他們跑了，一個都不能少！」就在此時熟悉的男聲劃破空氣。待到最後一個試圖逃竄的黑衣人被擊倒在塞德里克跟前，昆汀這才猛地回過神憶起兩人仍處於冷戰。

面對男人的指揮，身體總是快過理智，幾乎是毫不猶豫便聽令行事。昆汀雖為自己的不爭氣感到惱火，但此時不是發難的好時機，只能杵在雙手被反綁的數人身旁，靜待塞德里克大顯身手。

「只要願意替我們指路就能活下來，還能獲得重賞。」利誘加上威逼，即使是審訊，塞德里克的聲線仍舊平穩，「否則……」他發出一聲冷哼，未盡的語尾足以勾起聽者心底的寒意。

「休想！」然而事與願違，黑衣人竟對送到眼前的生路嗤之以鼻，「我們什麼都不會說！」

「哼，你以為錢是萬能的嗎？」

「我們不會讓你得逞哈哈哈哈唔……」

「喂你們——」

眼睜睜目睹幾名黑衣人幾乎同時咬舌自盡，警覺不對勁的昆汀眼明手快往剩下幾人嘴裡分別塞入碎布，好不容易搶救下的活口卻仍舊強硬地不願配合。一籌莫展之際，塞德里克將目標轉向安東尼，「男爵閣下，你可知道通往古梟會據點的道路？」

「我為什麼要幫你？你們這些占盡好處又貪婪的王族就應該要消失。」蹲在琳達夫人身旁的安東尼頭也不抬，緊緊牽握住奄奄一息的母親的手。

「恕我直言，發現夫人一息尚存的是拜倫，目前維持夫人生命的也是拜倫，而不幸的是拜倫聽命於貪得無厭的王族。」

「你——」

「她需要治療，水系法術雖然可以減緩血液流失的速度，但撐不了多久。」長髮魔法師蹲在琳達夫人身旁，靠近胸口傷處的手持續散發出溫潤的藍色光芒。

「你聽見了？何不停止浪費時間爭辯帶我們上山，至於夫人則交由拜倫處理。」

「我不相信你。」

「你沒有討價還價的本錢，如你所見夫人傷勢嚴重，只要拜倫停止供應魔力，她根本撐不到下個城鎮。」塞德里克的話或許不中聽，卻非危言聳聽，「你是要選擇守護至親，還是不切實際的理想？」

只見安東尼煩躁地來回踱步，一邊嚙咬指甲一邊抓亂頭髮，躊躇許久終於下定決心，「我帶你們去。」

†

目送拜倫、琳達夫人和數名家僕離去後，塞德里克一行人便連夜摸黑上山。此時天色已經完全暗了下來，數人舉著火把，利用乾燥橘藤花燃燒時特有的氣味驅趕棲息半山腰的狼獾，接著在最後一段路捨棄馬匹，隨著安東尼步行抵達隱藏在山林間的目的地。

那是個明顯經過整理的聚落，外圍砌有禦敵的石牆，寬廣腹地中蓋滿成排的低矮房舍，放眼望去幾乎看不到盡頭。門窗縫隙透出的火光昭示著除了在外值班巡邏的衛兵，建築物內確實有為數不少的敵人存在。

雖說敵方眾多，但多虧這些燈火，視線比先前伸手不見五指的情況好了不少，即使躲藏在有些距離的草叢間，依舊能夠看清整個聚落的大致分布。

「竟然有這麼多房子，這山上到底有多少人啊？」

「噓！班傑明閉嘴，你一說話就知道沒見過世面，丟死人了。」

塞德里克聽聞身旁傳來的對話蹙起眉頭，正欲出言喝斥，昆汀反倒先發話：「控制音量，你們不想和對方硬碰硬吧？」

見挨罵的兩人安分下來，塞德里克眉間的疙瘩才稍稍舒展開來，「據點的規模不小，不過從衛兵的狀況來看，守備算不上森嚴。」

「可能是認為這種荒郊野嶺不會有不速之客吧，怠惰久了衛兵的態度自然散漫。」

「正好便宜我們了。」塞德里克咧嘴一笑，將視線轉向始終保持沉默的安東尼，「伙房在哪裡？」

「怎麼，殿下難道是餓了？」

「我還需要知道糧倉、武器庫和馬廄的位置。」沒有理會安東尼的調侃，塞德里克接著說。

「伙房在東北角，馬廄在西側，糧倉和武器庫……推測是在偏西南的方位，但不確定具體位置。」

「既然如此，那昆汀你──」

「伙房交給我，你負責馬廄，之後到西南角會合。」塞德里克話都還沒說完，就聽見昆汀連忙答應，顯然男人的想法與自己心頭的計畫不謀而合。

這不是兩人第一次心有靈犀，只是這回最有趣的莫過於昆汀下一秒突然由晴轉陰的臉色，清楚原因的塞德里克將男人這些天的異狀看在眼裡，不禁暗自感到好笑。起初他是對於昆汀曾光臨娼館有些不痛快，想故意晾對方幾天，看男人乾著急的模樣消消心頭的無名火，怎料昆汀反而因為拜倫率先發難。

計畫未先溝通並非頭一回，但昆汀向來信任也從不追問，塞德里克本來不解這次如此反彈的原因，可是男人性格直率，表情和眼神根本藏不住祕密，這些天他不是盯著自己就是瞪著拜倫，如果視線能夠實體化，拜倫恐怕早被射穿一個大洞。

只是此時身處敵營確實不適合分神，低聲清了清喉嚨，塞德里克將思緒拋諸腦後，「那出發吧，我們兵分兩路，你帶一些人去。」

「兩個人，你和你，跟我一起去伙房。」昆汀也沒推拒，一口氣要走了安東尼在內的兩人，只給塞德里克留了一人。

「咦？」男人超乎預期的反應令塞德里克困惑地挑起眉梢。

「看不出這麼大個子卻如此貪生怕死，還以為王夫都得經過重重比試。」

「走了。」

「小心點。」

雖然昆汀還在鬧彆扭，但塞德里克肯定他絕對不可能拿自己的安全冒險，畢竟塞德里克比任何人都清楚那些沉重的承諾有多真誠。望向數人隱沒黑暗之中的身影，塞德里克不再多想，朝身後愣頭愣腦的男人招了招手，「我們也走吧，你叫班傑明？」

「對，殿下那我們要做什麼？」

「敵人人數可能是我們的十倍甚至二十倍，自然不可能正面硬碰硬，但可以給他們找點麻煩。」

「找麻煩？」

「放馬吃草。」低笑出聲，塞德里克嘴角揚起狡黠的弧度。

披著夜色，利用視線死角順利躲過衛兵，塞德里克領著班傑明悄悄潛入據點，來到位於西側的馬廄。一踏入其中，三十多匹或臥或站的馬匹便循聲看了過來，成為注目焦點的兩人猛地停下腳步，與馬匹大眼瞪小眼好半晌，見並未引起騷動才繼續動作。

塞德里克指揮班傑明將阻擋馬匹的木製卡榫撤下，接著點燃堆放在馬廄內部角落的乾燥草料。「好了。」

「這樣就走了？」

「距離木頭燒起來還有一點時間，先去糧倉和其他人會合。」塞德里克說著，一邊招手要仍傻杵在原地的班傑明跟上。

「所以他們去伙房也是要放火嗎？」

「是、也不是，燒伙房的效益不高，糧倉才是重點。」

兩人躡手躡腳隱身在矮房後的轉角，才剛與換班衛兵錯身而過，就聽見提問再次由身後傳來，「那為什麼不直接放火燒糧倉？」

「能夠養活這麼大聚落，糧倉勢必有一定規模，為了確保不給他們留下半點食物，需要一些助燃的物質。」

班傑明的問題一個接一個，耐著性子解釋的塞德里克不由得感慨思維敏捷的搭檔有多麼讓人省心又省力，而只需一個動作或眼神就能互通想法的昆汀更是何其難能可貴。

「助燃的物質？」

「就是油。」

「原來如此，所以他們才需要去伙——」

塞德里克長呼出一口氣，終於忍不住打斷喋喋不休的男人，「夠了閉嘴！別再出聲，免得把人引來。」

怎料這話才說完不過五分鐘，竟然一語成讖。兩人一路摸黑前進，好不容易抵達西南角，正張望著尋找，就聽見陌生的呵斥聲毫無預警地響起，「喂！你，轉過來！」

聞聲塞德里克心頭一跳，無奈地嘆了口氣。順著要求舉起雙手，果不其然一回頭就瞧見班傑明頸上架著柄長劍，雙手被一名衛兵模樣的男人反制。

「如果還想要他的小命就別動！」

「別、別傷害我的朋友。」塞德里克顫抖著佯裝緊張，一邊觀察形勢一邊思索脫身方法。

直到此時他才參透昆汀的用心良苦，身邊留著不值得信賴的人力不一定有助益，反倒可能扯後腿。

「你們是誰？在這裡幹什麼？」

「我們是外地來的旅人，不小心在山裡迷路了，看到這邊有火光才來求救。」塞德里克想也不想便信口胡謅。

「迷路？別騙人了，你們是怎麼通過狼獾群的？」

聽到這裡，塞德里克不著痕跡地瞇起眼，果然他們利用狼獾守護領地的天性作為第一道防線，以免不知情的外人誤闖據點。

「我們餓了大半天滴水未沾，拜託好心的大人施捨一些水和食物，我們不是故意闖入的。」仗對方只有一人，塞德里克屈身弓腰做出餓極虛弱的模樣，跌跌撞撞地向男人靠近，垂下的右手探向繫有匕首的腿腹，準備隨時突襲。

「你以為我是傻子嗎？叫人來把你們壓進大唔……」

然而不等塞德里克出手，正要對外求援的衛兵突然腦袋一偏應聲倒地。看了眼昏厥過去的男人和一旁的長劍，塞德里克不由得勾起唇角，繃緊的神經隨之鬆懈下來。

昆汀的配劍自從被落石砸斷後，一直湊合使用繳獲的武器。雖說長劍本身沒有辨識度，但會當作長矛投擲出去的人確實不多，果不其然隨之走出黑暗的三道人影相當熟悉。

「謝了，你來得正好。」

「有受傷嗎？」

「沒事。快走，糧倉就在旁邊。我聞到黑火藥的硫磺味，武器庫應該是那兩棟，看時間馬廄和伙房那邊也差不多了。」

一如塞德里克所言，原先微不足道的火苗已然發展成極具威脅的大火，只見西方和東北方的夜空相繼被照亮，緊接著四起的驚呼喊叫，混合著雜沓的腳步聲和馬匹四處逃竄奔馳的馬蹄聲，徹底打破聚落原先的闃靜與安寧。

此番騷動完美地掩護塞德里克一行人大肆破壞時無可避免的聲響，他們將取自伙房的植物油均勻潑灑在囤放大量穀物的糧倉，以及堆滿黑火藥和各式刀劍的武器庫，然後扔下一把火。

只見明亮的光點瞬間沿著油漬吞噬一切，猖狂的火舌不過頃刻就竄得極高。數秒後驚天動地的巨響將武器庫炸開，各種看不出原狀的碎片向四處綻開紛飛，濃白的煙霧和隨風飛揚的灰燼幾乎蓋過西南方的漆黑暮色，為今夜的行動畫下完美句點。

目的達成後自然不需多再停留，衛兵忙於滅火根本無暇顧及其他，縱使一行人明顯大搖大擺從跟前走過也無人察覺阻攔。回到安置馬匹的地點，大鬧了一場的塞德里克彎起嘴角，笑得燦爛而滿足，「走吧，我們可以回家了。」

Quentin Nestor × Cedric Diallos
NORTHERN
EMPIRE
第
14
章
Northern Empire
Crown Prince & Dragon Knight

「謹奉尤萊亞陛下之命，謀反叛國的罪犯尼古拉將於今日正午伏法！」

這裡是坎培紐城最為熱鬧的圓環廣場，數名身穿藏藍色披風的王家騎士在噴水池前整齊劃一勒停馬匹，朗聲向自動聚攏的群眾宣讀國王手諭。

「哪個尼古拉？」

「就是岡鐸城那個尼古拉公爵啊，聽說從宅邸搜出不少謀反證據，連他兒子也被通緝了。」

「對耶，好像有這麼一回事，可是怎麼這麼快就要處決？」

騎士們尚未離去，人們便已議論紛紛。你一言我一語，亂糟糟的聲音輕而易舉地蓋過馬蹄聲。

「似乎是王子殿下剿滅古梟會時帶回決定性的證據，所以——」

不等男人說完，另一道粗啞的男聲便直接搶白：「竟然有人敢動王位的歪腦筋，當然要盡快除掉啊！」

「有風聲說他是被誣陷的，會被處理掉都是因為威脅到了『那位』。」

「好像有很多大人替他求情，結果惹惱了陛下，處決日反而提早了！」

混雜了揣測和幸災樂禍的謠言總是傳播得格外迅速，畢竟不管消息是真是假，對百姓而言除了增加茶餘飯後的話題外，並無太大差別。

「真的假的？還以為貴族什麼事都能用錢解決。」

是你！」

「我看是要殺一儆百。」

「說得也是，當國王多好，有錢有勢要什麼有什麼。」

才剛聽聞有人語帶嚮往的感嘆，隨即有人出言嘲笑，「你膽子很大啊，小心下個出事的就是你！」

「行了行了你們閃邊去，我還有事先走了。」

「妳該買的東西不是一早就買好了，還要趕什麼？」

「時間差不多了，我要先去搶個好位置，晚了可就什麼都看不到。」

婦人此話一出登時掀起一片譁然，附和聲此起彼落，連帶著不少人紛紛開始移動腳步，爭相向城堡前的廣場前進。

正如同女人所料，還未到正午時分，城堡前廣場早被消息靈通的群眾擠得水洩不通。圍繞著木頭搭建的大型刑具，年齡各異的男男女女七嘴八舌發表意見，好打發漫長的等待時間。

直到正式行刑前十分鐘，一名頭部罩有麻布頭套，雙手被枷鎖固定的男人終於在眾人的注視下由兩名侍衛押出地牢，拉扯著走上絞刑臺。當劊子手將超過拇指粗細的繩索套上男人頸項時，蠢蠢欲動的鼓譟氛圍瞬間達到白熱化。

「行刑。」傳令官一聲令下，劊子手俐落地扳動手邊把手。

只聽絞刑臺發出令人牙酸的嘎嘰聲響，尼古拉腳下的木板瞬間向兩側彈開，無處立足的男人猛力下墜，踢蹬著掙扎不過數秒鐘便再也沒有動彈。即使曾經位高權重，嚥氣的時間也與其餘罪犯相差不遠。與此同時，人群中爆出興高采烈的歡呼聲，慶賀一條生命的逝去。

行刑結束，侍衛將卸下的屍首拖離廣場，看熱鬧的群眾亦逐漸散去。不消片刻城堡前很快恢復往常的寧靜，彷彿剛才的喧嘩只是一場夢，僅有尚未來得及收拾的絞刑臺透出端倪。

此時若是由廣場抬頭向東北角望去，便能瞧見兩抹身影佇立在塔樓高處窗邊，居高臨下將過程納入眼底。那是拜倫常駐的塔樓，但此刻的旁觀者卻不是醉心鑽研法術的魔法師。

「男爵閣下，心情如何？」優雅的音質來自金髮王儲，即使語帶譏誚也不減男人那股渾然天成的貴氣。

「在殿下的預期中，我該為此大哭嗎？」

「就差這麼一點，今天的場面就會成真。」看了眼面不改色的安東尼，塞德里克緩緩在一旁堆滿各種咒語典籍的茶几入座。

「如果尼古拉家族真有人該為此事送命，那也應該是我。」

塞德里克裝腔作勢地拍了拍手，故意提高聲調讚嘆道：「勇於承擔錯誤，真是高貴的情操啊！」

安東尼沒作聲，塞德里克也不在意，傾身將羊皮紙往男人的方向推近一些，指尖在桌面催促似的敲了敲，「既然戲也看完，現在輪到閣下履行承諾了，把知道的名單寫出來。」

兩個多月前，塞德里克一行人燒毀沃勒山據點大半物資，然後帶著殘餘俘虜以英雄姿態返回王城。經過一番誘勸和脅迫，黑衣人總算願意開口，但礙於這些低階士兵在古梟會內層級不高，能夠獲取的消息相當有限。

於是他將主意打到安東尼頭上，頂著家族光環的男人是古梟會的重要攏絡對象，接觸核心人物的可能性自然相對較高。只是安東尼也不傻，當然不可能平白交出情報，不知是出於心虛還是孝順，男人要求無罪釋放尼古拉公爵，想當然爾塞德里克沒有答應。

今日這場勞師動眾的大戲，便是歷經屢次談判的結果，由死囚頂替絞刑的尼古拉確實重獲自由，卻保不住家族的顏面和名聲。

「你怎麼能肯定我給的名單正確？」

「這就不勞您費心了，我會自行判斷。」

「判斷的方式就是捏造證據誣陷忠良嗎？」

昆汀和塞德里克一行人回城時特意帶著一口厚重棺材，既能掩護不得露面的安東尼，也能達到混淆視聽的目的。

塞德里克對外宣稱成功剿滅古梟會據點，瀆職貪汙的安東尼畏罪潛逃，而琳達夫人則在趕往王城探望丈夫的路途中死於賊人之手。接連發生的事件猶如濃霧，令王城內早就因尼古拉公爵被關押而陷入混亂的局勢更加晦暗不明。

「慶幸嗎？還是有不少冥頑不靈的貴族站在尼古拉家族那邊。」

尼古拉一支根基深厚，與諸多貴族交好，如今雖已逐漸沒落，但瘦死的駱駝比馬大，仍有少部分利益盟友勇於為其發聲，試圖力挽狂瀾。另一方面尼古拉家族向來蠻橫強勢，早已樹立了不少敵人，此時見其式微紛紛落井下石。

塞德里克和安東尼就是在這種兩派各執一詞的僵持情況下，回到久違的坎培紐城。前者想要古梟會的消息，後者想要尼古拉的自由，幾番拉鋸後，折衷方法就是宣判收監多時的尼古拉公爵死刑。

「可見王族昏庸無道是事實！」塞德里克清楚安東尼不滿意尼古拉遭受如此待遇，但男人自己都被剝奪了爵位，缺乏談判籌碼，再不樂意也只能忍氣吞聲在嘴巴上占些便宜。

對此塞德里克也不反駁，嘴角噙著笑，順著安東尼的埋怨說下去，「你還少說了一點，大規模清算反對聲浪。」

雖說經過誇飾，但塞德里克此話並不假。表面上是打壓膽敢高聲疾呼的貴族，實則透過黑衣人提供的名單，派出不少人力暗中監視有嫌疑的可疑人士。這番動靜鬧得人心惶惶，不久前摩拳擦掌的勢力頓時噤若寒蟬，王權看似達到前所未有的巔峰。

「原來殿下有自覺。」

「畢竟可以合理整治貴族的機會可不多見，這一切還多虧了閣下。」直勾勾對上安東尼的視線，塞德里克嘴上同樣不饒人。

見男人放下羽毛筆，塞德里克伸手欲抽回紙張，另一頭卻被安東尼牢牢按住，「我要見他們。」

「他們不在坎培紐城，遠離風暴中心才是上策不是嗎？」

尼古拉公爵早已被暗中送出城，至於當時命懸一線的琳達夫人，拜倫直接從梅斯峽谷趕赴達克城求醫，根本並未駐足王城。安東尼沉默了半晌，看似有些動搖卻沒有鬆手。

「容我提醒您，讓尼古拉家族淪落至此的不是我們狄亞洛斯，而是企圖拉攏並嫁禍於尼古拉的古梟會。」

「我同樣不想讓你們得利。」

「很不幸地你得選邊站。」塞德里克沉下語調，嘴角的笑意更甚，「要知道，我對背叛者可沒有這麼多耐心。」

或許是分析奏效，安東尼總算不甚甘願地鬆手，塞德里克垂眸掃了一眼好不容易到手的名單，逕自起身告別。走到門邊，他這才想起提醒男人，「對了，提醒您別任意走動。」

安東尼被安置在塔樓是僅有極少數人知悉的祕密，不便安排侍衛，自然也稱不上軟禁。

「我的通緝令貼得到處都是，怕是還沒走出王宮就被押進地牢了吧。」

聽聞安東尼的抱怨，塞德里克聳了聳肩，「那只好委屈閣下了。還請別擅自移動屋內擺設，拜倫不喜歡有人弄亂他的東西。」

他扔下這句話，不等男人搭腔便頭也不回地離開。

†

取得名單的塞德里克迫不及待穿越城堡大半腹地，仗著這次出使回宮後開始跟隨尤萊亞見習政務之便，不顧侍從阻攔直奔國王的寢宮。

「父王我拿到了……」當塞德里克看清尤萊亞正坐在托爾腿上親暱擁吻的畫面時，再想回頭已經來不及，腳下一頓，只能尷尬地垂下眼簾，音量驟降如蚊蚋。

相對之下當事人倒是神態自若，無須招呼托爾便將金髮君王抱至一旁的座椅，而後者則朝塞德里克招了招手，「來，先坐下喘口氣。」

「那個，還是我晚點再來？」

「你不是有東西要給我看？都來了就陪我下盤棋吧。」見尤萊亞不似開玩笑，塞德里克只能硬著頭皮入座，將手中的羊皮紙交予國王。

「辛苦你了。尼古拉家的男人脾氣可壞了，要讓安東尼開口不容易吧。」視線不離紙面，嘴上亦說著話，卻不影響尤萊亞移動白棋開局。

「多虧父王同意我的安排，否則也不會如此順利。」開始談論正事，塞德里克的態度不自覺轉為嚴肅，剛才意外打擾雙親的侷促也隨之淡去，「和預期的相同，安東尼提供的名單過半是貴族，但想藉此根除古梟會應該還缺乏火侯。」

提及此事，塞德里克眉間的憂慮再也藏不住，雖說在安東尼面前表現得十拿九穩，但箇中難處他卻是再清楚不過。

「別急，打亂對方的步調是第一步，你們擅闖沃勒山燒毀糧倉和武器庫雖然魯莽，但確實折斷了對方一隻翅膀，為我們爭取不少時間。」

「那下一步該怎麼做？」

「何不說說你的想法？」

塞德里克盯著才剛進入中局便顯出頹勢的棋局，一邊摩挲手中的黑色棋子，一邊低聲沉吟，「雖然上次的行動重創古梟會，但他們必定會再找機會出擊。」

「所以？」

「我認為的確應該趁這個機會削弱他們的勢力，手上也有名單，可是……」塞德里克憂心忡忡地望向棋盤對面的尤萊亞，特意隱下後半段的話。

尼古拉公爵可說是反王權的代表人物，早在先前傳出確定處刑的風聲時，天秤彼端的王權便隨之高漲，而代價是現下王族的任何動作都會被放大檢視，即使祭出消滅古梟會餘孽的大旗也洗脫不了藉機清算的嫌疑。

貴族之間瀰漫著幾家歡樂幾家愁的詭譎氛圍，過去與尼古拉交好的貴族紛紛走避；相對地，一直攀附王族的貝倫特家族倒是如日中天。若是一不小心帶動兔死狐悲的形勢，反而會將立場中立的貴族越推越遠。

「你擔心物極必反。」只見尤萊亞啜了口紅茶，笑得依然雲淡風輕，彷彿沒有什麼事能令他掛心，「除了貴族的反彈，你認為還有什麼需要注意？」

「敵方的動靜？」

「對，也不對。」

塞德里克皺起眉頭，陷入深思，「如果不是對方，就是——」

「古梟會之所以拉攏貴族自然是由於貴族手上握有資源，可能是錢、糧食、物資、人力。為了填補沃勒山的損失，他們勢必會趁局勢動盪的機會積極吸納更多成員，而越是倉促行事就越容易出現紕漏。」

塞德里克瞠大雙眼，為從未有過的思路感到震驚。化劣勢為優勢，化被動為主動，這種做法無疑是一著險棋，卻也是突破口。他滿腦子都忙於推演可能遭遇的情況和後續因應，根本無心關注棋局，只是本能地移動黑棋，也不知過了多久，飄忽的思緒才被溫潤的男聲喚回，「將軍。」

「咦？」塞德里克懵然眨了眨眼，循著脆響望去，只來得及瞧見一枚白色士兵正意氣風發取代原先屬於黑棋的位置，而落敗的國王則萎靡不振倒在一旁，殘酷地昭示結果。

「我輸了。」垂眸看了看慘不忍睹的殘局，又看了看沒有手下留情的尤萊亞，塞德里克無奈地搖了搖頭。他本就技不如人，加上心不在焉，這盤輸得可謂一敗塗地。

「能夠混淆敵方降低警戒的不是國王，而是隨處可見的士兵。」尤萊亞這話既像是在說明棋局，也像是在提點塞德里克切莫只關注於擒王，而忽略小人物的重要性。

古梟會眼線遍布各處，一如使節團成員，再如尼古拉家家僕，深受其害的塞德里克自然聽懂了暗示，「多謝父王指點，那就不打擾父王歇息了。」

正事談妥自然沒有繼續停留的理由，塞德里克急匆匆向雙親告退，逃也似的亟欲離開。

「對了，里奇。」

怎料才剛走出幾步，呼喚就從身後傳來。塞德里克猛然一顫，回頭朝尤萊亞躬身的剎那腦中掠過無數猜測，「父王有何吩咐？」

「你和昆汀還好嗎？」

「呃，應該……還好吧。」垂下眼簾，碧綠色的眸瞳心虛地轉了轉。

回到宮中轉眼已經將近三個月，有人伺候的安逸取代露宿野外的不便，不再需要日夜提心吊膽，曾經被迫形影不離的兩人反而沒什麼相處機會。加上塞德里克回城後就忙於調查古梟會，於是一日拖過一日，兩人之間的齟齬直到現在仍未處理。

「我聽說的可不是這樣。」

對上一道任何真相都無所遁形的灼熱視線，塞德里克只覺得血氣爭先恐後地湧上雙頰，都已經一把年紀，和伴侶的相處還得讓雙親擔憂，思及此他越發窘迫得無地自容。

「那個，我們只是有一點小摩擦……不太嚴重的，伴侶之間的，就是……」塞德里克一邊詞不達意地試圖解釋，一邊暗罵拜倫實在太不夠意思，竟然背地裡出賣自己。

「伴侶之間的小摩擦，而且不嚴重，所以是……誰吃醋了？」

「我才沒有！」塞德里克急忙澄清，拒絕承認擁有這種不理智的情緒，「那是因為身為王夫，昆汀他卻與娼館那樣不正經的地方有所牽扯。事關王族名聲，這種歪風當然要遏止！」

「你們這一趟出使發生這麼多事，昆汀還有機會去娼館？」

聽到這裡，塞德里克才意識到誤會了，然而話都躍出舌尖，再後悔也來不及收回，「不是，是以前……他過往戰友和我說的。」

「原來如此，昆汀那孩子真是太不應該了，不如讓托爾去給他一點教訓？」

意料之外的發展令塞德里克錯愕，連忙擺手拒絕，「不！不用勞煩父親，我可以自己解決。」

「不用跟我們客氣，托爾畢竟是長輩，昆汀劍術再高明應該也不敢還手吧？」

「交給我吧，我會讓那個不省心的傢伙好好反省。」

塞德里克就算再聰慧機靈，也比不上尤萊亞老謀深算，一時不察落入圈套的年輕儲君被兩人一搭一唱害臊得滿臉通紅，應也不是不應也不是。

「行了，不逗你了。那孩子好幾次捨命救你，沒有功勞也有苦勞，你們還是快點和好吧。」

「知道了……」在雙親飽含揶揄的注視下，塞德里克只能吶吶地點頭。

†

一眨眼又是數日過去，同樣察覺塞德里克及昆汀異狀的安德森只要有機會，就在他們耳邊嘮叨伴侶和諧對於綿延子嗣的重要性。花費好些時間進行心理建設，塞德里克總算下定決心要與昆汀休戰，但在王宮內繞了許久卻始終沒瞧見那抹偉岸身影。

這是為了完成雙親的囑託，也是為了不再聽安德森嘮叨，今天一定要說清楚講明白。過程中他屢次想打退堂鼓，全都用這些理由咬牙堅持下來，所幸在真的有藉口放棄以前，在後山找到在雪地裡打滾的一人一龍。

先發現塞德里克的是雷因，對上一雙碩大的金黃獸瞳，心頭的忐忑不自覺鬆解許多。

「嘿，抱歉兄弟，今天沒帶食物來。」拍了拍黑龍的吻突打過招呼，塞德里克轉向一旁默不作聲的昆汀，「那個……你現在有時間嗎？」

「有事嗎？」

「我們需要聊聊。」

眼尖地在藍眸深處捕捉到一閃而逝的動搖，塞德里克深吸一口氣，胸口無以名狀的浮躁因為察覺對方與自己相同侷促而緩和不少。

「你身為王夫卻造訪娼館，甚至在伴侶面前大大剌剌妄議過去的風流豔史，你可知錯？」緊抿唇瓣瞪著眼，塞德里克思考若是男人認分道歉，自己也能委屈一點帶過此事。

豈料昆汀不僅沒有低頭，反倒是強硬地頂了回去，「琳達夫人派來的侍女明顯別有企圖，你不僅不拒絕她親近，而且還把我一個人留在房裡！」

聞言塞德里克一愣，花了幾秒鐘才消化男人的話，他氣不過下意識回嘴，怒火更甚，「你

明明當著琳達夫人的面故意找麻煩！」

「你早就安排拜倫趕去岡鐸城會合，卻沒事先告訴我！」

「我們本來就沒有討論計畫的習慣，拜倫只是你冷戰的藉口！」

「明明是你先疏遠我，還惡人先告狀！」

你數落我一句，我指責你一句，互不相讓的塞德里克和昆汀猶如兩頭雄獅，氣勢洶洶地咆哮怒吼，彷彿隨時要撲上去撕咬對方。

吵到最後，氣喘吁吁的兩人再也說不出話，卻仍然橫眉豎目怒視彼此，瞪著瞪著不知怎地竟忍不住發笑。先是噗嗤一笑，接著變成開懷大笑，甚至笑得險些停不下來，感染性十足的笑聲驚醒了寧靜的森林一隅。

當開誠布公地表達不滿後，鬱結在胸口的沉悶便神奇地不藥而癒，塞德里克那股每次看著昆汀便說不出的彆扭已經消退，似乎連初冬灰濛濛的天色也明亮起來。

「咳，閒聊結束了，我有正事找你。」塞德里克清了清喉嚨，低頭撫平衣服上皺褶，這才自馬匹身上取下一柄份量十足的寬厚重劍，揚手拋向男人。

「這是？」

「給你的。」

「為什麼？」

「你之前的佩劍斷了，一直沒找到適合的……」迎著男人灼灼的視線，塞德里克不自在地別開臉，盯著遠處的樹梢，彷彿突然對森林內隨處可見的雪杉起了極大興趣，「總之就是這樣，還不趕緊謝恩？」

兩人的關係雖不似最初那般劍拔弩張，也因為一連串事件培養出共患難的革命情感，但塞德里克依舊不習慣向昆汀示好。翻看劍身的昆汀並未立刻做出反應，男人沉默多久，塞德里克便提心吊膽多久。

「這是一把好劍。」

「那是當然！」直到聽聞此話，受到認同的塞德里克雙眼一亮，頓時笑逐顏開，話匣子大開，「那可是使用最上等的材料，由北之國技術最高超的鐵匠鍛造而成，護手採用雪鷹的意象設計，最上乘的祖母綠寶石才有資格鑲嵌在上面，這不止是一把劍，而是集實用與工藝於一身的藝術品。」

「既然如此為什麼要給我？」

被問得一怔，塞德里克好半晌才擠出乾巴巴的嗓音，「你、你救過我幾次，而且佩劍也是因此損毀，我不想欠人情。」

「我做的任何事都是出於個人意志，不是為了額外的東西。」

「我——」

塞德里克話還沒說完，就見執起自己左手的昆汀屈膝半跪，恭敬地垂下頭顱，「為你，我誓言為盾為劍，至死不渝，我的王子殿下。」

男人嘴唇碰觸的不過是戒指上的寶石，卻好似穿越胸膛直接親吻心臟，那麼真摯熾熱，燙得心尖猛地一揪，漫開的暖流將周身毛孔安撫得通體舒暢。

身為王儲，塞德里克聽慣各種阿諛奉承的場面話，早已養成冷然淡定的鐵石心腸，但面對昆汀這番難掩笨拙的承諾和藏不住情緒的藍眸，理智卻潰不成軍。他抿了抿唇，緩和不受控的動容，「收下就收下，不用這些花俏儀——喂！」

他話才說到一半，正試圖抽回受制於人的左手，沒想到昆汀不僅沒有鬆手，反而使勁一拉，塞德里克整個人便順勢被站起身的始作俑者攬進懷中。「言下之意，殿下是不滿意我的誓詞？」

「我沒有那麼說。」沒能掙開禁錮，塞德里克狠狠瞪了故意惡作劇的男人一眼，「放開我。」

昆汀依舊沒收手，好歹勒在腰際的力道放鬆了些。塞德里克索性忽略已經逐漸熟悉的氣息，自顧自說下去，「那是父王送我的成年禮，我很喜歡，一直掛在寢宮裡。」

「可惜劍體太重，對你的手腕來說過於吃力。」

男人說得正確，但聽在耳裡仍然不中聽，塞德里克下意識想甩開圈握住自己手腕的熱源，不服氣地發出一聲悶哼，「不過劍已經認主，我不確定使用上是否會有影響。」

認主是冶鐵鑄劍時的獨特工法，鐵匠會在鍛造過程中加入劍主的血液，相傳可以增加劍與劍主之間的羈絆，達到護主的作用。這柄劍雖是好劍，但畢竟已經認主，原以為昆汀會有所遲疑，沒曾想男人答應得異常爽快，「別擔心，我們一定相處愉快，因為被賦予共同的職責。」

「什麼職責？」

「為殿下擋下所有威脅，劈開所有阻礙。」

「祝你好運，我還有事就不奉陪了。」聞言塞德里克不顧形象地白了昆汀一眼，一把將男人推開便逕自翻身上馬。態度看似不耐煩，但經冷風一吹，鉑金色髮絲間格外醒目的緋紅耳廓卻出賣了他。

†

雖說與昆汀順利談和，塞德里克的作息仍不見改變，依然日日伴在尤萊亞左右學習處理例行性政務，並負責過濾所有監視人員回報的記錄。

任務看似單純，可是受到嚴密監視的人員數量眾多，光要從枯燥的繁瑣報告中找出細微蛛絲馬跡便已忙得焦頭爛額。幸運的是這種大海撈針似的調查，在耗費大把時間後逐漸顯出成效，塞德里克以腰痠背痛和頭眼昏花為代價，接連抓出一個個與古梟會有所連繫的嫌疑人。

這一日午後，他好不容易在傍晚之前完成預計進度，悄悄繞過安德森經常出沒的地點，總算勉強趕在約定時間赴約。

「來了？還以為你又被安德森逮住了。」

「別光取笑我，就不相信他沒去找你。」

昆汀沒作聲，但從男人難掩侷促的神情來看，答案是肯定的，對話內容亦可想而知。安德森負責王儲與王夫的性教育課程，如今兩人完婚已經超過兩年，年邁的老管家依舊將塞德里克毫無動靜的肚皮視為己任。

前些日子是積極促成塞德里克和昆汀和好，現下則是忙於叮囑二人切莫因為白日忙碌忽略夜幕低垂時應盡的職責。想到這些的顯然不止塞德里克一人，只見昆汀眼神暗了下來，細聽還能察覺男人的呼吸不自覺重了幾分。

從在帳篷內發生某些不可言說的事件，塞德里克便有意無意地逃避，一如葉尼城那時的曖昧氛圍，再如此時昆汀因為敏感話題而受到撩撥的模樣。他不喜歡男人那雙澄澈的藍眸被熾烈的暗火取代，那樣的視線過於幽深熱切，燙人的溫度彷彿能夠隔空傳遞，逐漸侵吞獵物。

「來吧別發呆，說好了陪你練新劍。」抽出繫在腰間的佩劍，塞德里克故意出聲打斷男人的思緒。

塞德里克當然知曉男人的變化代表了什麼，面對危險時的奮不顧身，面對拜倫時非比尋常的敵視，面對自己時無意識流露的心疼寵溺、討好和渴求。並不自知的昆汀無法訴諸言語，只是笨拙地利用實質舉動向深深烙在心底的那抹存在傳達愛意。

原先如同脫韁野馬般不受控的王夫動了情，這對塞德里克而言無疑是穩賺不賠的發展，只要好好利用，驍勇善戰的龍騎士便能牢牢握在塞德里克手中，為北之國之用。

分明是毋須考慮的莫大利益，塞德里克卻優柔寡斷躊躇不前，既做不到冷酷無情，也做不到全然交付信任，於是只能猶豫拖延，放任一顆心時不時忐忑擺盪。所幸遲鈍如昆汀沒有發覺空氣中的不對勁，回過神便咧嘴笑得爽朗，「要做我的陪練可不容易。」

「放肆！好大的口氣，膽敢質疑我的劍術，看劍！」塞德里克高呼一聲，也不管昆汀是否做好準備，挾著凌厲氣勢的劍鋒便已如虹一般竄出。

「鏘！」兩劍撞擊，連帶著髮絲和衣襬隨風而動。

雖說體能和力氣不及昆汀，但憑藉對男人招式的熟悉和日益增加的靈活度，不再拘泥過往所學的塞德里克在對方手下能堅持的時間越來越長。兩人一來一往打得酣暢淋漓，正是興致盎然時，遠處便傳來倉促的腳步聲和高呼，「殿下、殿下！」

「什麼事？」

「來自奈斯特王國的使者求見昆汀殿下，說是有急事。」

塞德里克與昆汀對望一眼，連忙追問：「人在何處？」

兩人隨著侍從匆匆趕至謁見廳，昆汀的困惑在看過信件內容後轉為凝重。察覺男人的反應，塞德里克不由得跟著蹙眉，「怎麼了？」

「父王病了，似乎病得很重。」

「怎麼那麼突然？你和雷因回去看看吧。」雖說昆汀與法蘭基二世算不上親近，但畢竟血

濃於水，於情於禮都該有所表示。

「可是你這裡……」昆汀顧忌著使者在場沒把話說明，卻不影響塞德里克理解男人的意思。

「目前的局勢雖然緊張，但還算穩定。」或許是黨羽接連被逮，近日古梟會安分不少，塞德里克與尤萊亞一致認為他們短時間內不會再有動作。

「對了，信中可有說法蘭基二世是染上什麼疾病？我讓醫官準備一些藥草給你帶回去。」

「奈斯特王國的醫官懷疑是熱病，他有咳嗽的老毛病。」

拍了拍男人的肩頭，塞德里克細聲安撫，「你去收拾東西，我讓人簡單準備一下。」

昆汀這趟回國雖是探病，但站在北之國的立場怎樣也得有所表示，除了可能用得上的藥品，多帶些珍稀物品不僅顧及面子，也是以備不時之需。情況緊急，帶上行囊的昆汀沒有多做停留，向尤萊亞正式拜別後，便騎上雷因披著夜色啟程。

†

忙碌的生活中少了個人，最初塞德里克並未感到不便，然而一轉眼四個月過去，半個月前昆汀雖曾返回一趟，但在坎培紐城停留不過一週又再次南下，他越發覺得做什麼都提不起勁。

喝酒時少一個人抱怨北方酒過於辛辣無味，訓練時少一個人批評塞德里克的劍術空有花樣，就寢時少一個人占據床位，似乎連被褥的溫度都涼了幾分。陌生的情緒令塞德里克感到不知所措，為了驅散逐漸擴散的寂寞，他決定出席貝倫特侯爵舉辦的晚宴。

「感謝里奇殿下撥冗蒞臨，為晚宴大大增光。」

由於塞德里克成功揪出葉尼城隱藏在檯面下的貪汙腐敗，加上剿滅古梟會據點有功，擁有實績的王儲在貴族圈內的地位明顯提升許多，連帶貝倫特的態度也恭敬不少。

「是我該感謝侯爵的邀請。」

「可惜了，今天無緣瞻仰昆汀殿下的風采。」

「沒什麼，之後機會多得是。倒是賓客這麼多，侯爵還請自便，別光顧著招呼我們。」

好不容易支開亦步亦趨的貝倫特，塞德里克隨手取了杯酒，淺淺啜飲一口，正思量男人突然談及昆汀的理由，就聽見窸窸窣窣的議論由身後傳來。

「聽說那個外鄉王夫回南方探病還沒歸來呢，都四個月了。」

「中途似乎有回來，但又走了。我看不會那麼快，國王老爹快死了，怎麼樣都得撈點好處。」

「他排行第三又是庶出，王位輪不到他吧？」

男男女女爭相發表意見，果不其然話題中心正是遲遲未歸的昆汀。

「誰知道，『那位』可是遺傳了陛下，手段可高明呢！」

「說得也是，背後有北之國撐腰，發生什麼也不奇怪……」

這番話不難聽出欣羨與嫉妒，包裹在冷嘲熱諷下的是諸多貴族對王族的普遍看法，既嚮往又忌憚。於是落在塞德里克身上的視線，不再是過去那些總是難掩輕蔑的注視，取而代之的是敬畏和探尋。

這是塞德里克返回王城後第一次參加宴會，與過去天差地遠的待遇確實有些新奇，但他很快就發現即使身處熱鬧非凡的宴會，周身簇擁著無數人，心頭空盪盪的那處仍不見好轉。

既然毫無作用，塞德里克也沒有理由繼續折磨自己，以不勝酒力為藉口提早返回王宮。而就在途經花園時，一陣響動突然由視線不佳的樹林中傳來。

「誰在那裡？」他低喝一聲，警戒地伸手搭上腰間的劍柄，「出來！」

沒料到最後磨磨蹭蹭從陰影中現身的是一對男女，兩人略顯凌亂的衣衫仍規規矩矩地穿在身上，但那難掩春情的模樣任誰都能看出剛才花前月下時，孤男寡女究竟發生了些什麼。

尷尬的沉默蔓延開來，破壞他人好事的塞德里克也忍不住雙頰發燙，「夜深了，你們快去歇息吧。」

「謝殿、殿下……」他此話一出，垂著腦袋的女性侍者幾乎是逃也似的離開。

至於那名騎士裝扮的男性反而不循常理地邁步上前，「殿下。」

塞德里克定睛一瞧，總算藉著月色看清男人的五官，「康納？」

「殿下您……覺得幸福嗎？」

詫異地眨了眨眼，塞德里克沒跟上康納的思路，「我應該感到不幸嗎？」

「抱歉，我不是那個意思……只是不忍心看到殿下孤零零一個人度過這麼美麗的夜晚。嬌嫩的花朵會因寂寞而枯萎，您是如此美好值得悉心呵護，應該擁有最好的一切。」

外型俊朗、溫柔多情、風度翩翩，康納與吟遊詩人故事中的騎士形象幾乎完全相符，貴族出身的他熟知禮教進退得宜，家族背景並不強勢也無明顯偏向，若在以往，塞德里克或許會將之視為最適任的王夫人選。

然而事過境遷，他的品味在這兩年多來被養得很是刁鑽。上一秒才和女人幽會，下一秒就能掏心挖肺向另一人示愛，分明是貴族間數見不鮮的場景，塞德里克只覺得比任何時候都要來得令人反感，連帶男人的一席讚嘆也異常刺耳。

「若有任何需要，我都在所不辭，殿下清楚哪裡可以找到我。」

看了眼神情真摯卻暗做小動作的男人，塞德里克抽回手，「我知道了。」

他沒再駐足，冷冷拋下一句便轉身離開，直到返回寢宮才掏出巾帕擦拭仍殘留搔癢觸感的掌心。若說原先只是察覺心頭缺失了一角，這段插曲便是一陣風，拂散籠罩周圍的煙霧，顯出缺角的形狀，那是個越發清晰的人影，是扛著重劍朗聲大笑的昆汀。

Quentin Nestor × Cedric Diallos
NORTHERN EMPIRE
第
15
章
Northern Empire
Crown Prince & Dragon Knight

「陛下，不好了！」

莽撞的高呼劃破午後寧靜，也打斷了塞德里克的思緒。

這日許久不見的陽光透出淡薄雲層，金燦燦的輕紗傾瀉而下，映照在白茫茫的雪地，為單調的冬日注入鮮活的生命力。為了享受睽違多時的暖意，塞德里克提議將下午茶地點改至敞亮的玻璃花房，然而棋局才剛開始不久，就被不知趣的侍從破壞。

「有頭黑龍降落在城堡南側，根據衛兵回報，外型似乎與昆汀親王座下的黑龍十分相似。」

「昆汀人呢？」放下手中的黑棋，塞德里克皺起眉頭。

從數個月前起昆汀便因法蘭基二世每況愈下的病情，幾次馭龍往返兩國，守城的衛兵早已習慣。原以為此次與先前相同，再過一些時日昆汀與雷因就會風塵僕僕地出現在王城上空，而今掀起如此動靜必然是出了狀況。

「沒有看見親王殿下的蹤影，而且龍似乎受傷了。」

聽聞此話，塞德里克再也沉不住氣，「父王、父親，我去看看狀況！」

龍與龍騎士的誓約絕非戲言，雙方是彼此最忠實的戰友，恐怕是發生很是危急的情況，才會迫使雷因拋下昆汀獨自逃出。法蘭基二世不穩定的病況一日拖過一日，王位的明爭暗鬥亦浮上檯面。昆汀雖無心權謀，但對於有心人士而言，只要有絲毫繼位的可能性就有風險，唯有斬草除根才是上策。

昆汀並不傻，亞力克和丹尼爾的敵意如此顯而易見，正面對決不足為懼，但若是暗中設下圈套，勢單力薄的他是否已經遭遇不測？塞德里克甚至浮現個異想天開的念頭，雖說龍族很是珍稀但也並非不存在，或許今日到訪的黑龍並非雷因，而是外型相似的意外闖入者。

塞德里克殘存的希望很快地在黑龍的身分獲得證實後徹底幻滅，雷因無法言語，但那雙充滿靈性的金黃色眸瞳他絕不會認錯。

降落在城牆邊的巨獸確實是雷因，牠一身沙塵，向來平滑光亮的龍鱗滿是破損，左翼下方甚至還有道怵目驚心的傷口，裸露的腥紅皮肉似乎仍在汩汩滲血，在外翻的焦黑鱗片襯托下顯得格外猙獰，越是細看塞德里克越是惴惴不安。

「他也受傷了嗎？」他握起拳頭，咬緊的牙關喀喀作響。究竟是什麼情況需要動用火藥？那是連龍鱗都因而皮開肉綻的強大武器，縱然昆汀劍術了得，光靠一介血肉之軀又該如何逃出生天？

「他還好嗎？」

巨龍自然沒有言語，塞德里克卻從那雙燦金的獸瞳中看出答案，自嘲地撇了撇嘴，「也是，如果還好，你也不必來找我。」

他晃了晃腦袋不再胡思亂想，匆匆交代侍從疏散看熱鬧的群眾並妥善安頓雷因後連忙折返。與其坐以待斃不如實際去看看情況，即使要隨雷因立刻出發，也得先和雙親稟報。

塞德里克才踏入議事廳內，就聽見形色倉皇的傳令兵報告：「陛下，根據南境駐兵回報的消息，綠旗軍在五天前經過我國邊境，看起來持續往南進軍。」

「今年冬天很冷，看來哈爾頓顯然是被逼急了。」

哈爾德率領的綠旗軍惡名昭彰，據悉是由北方遊牧民族和受壓迫逃出的奴隸所組成。這支剽悍的軍隊不屬於任何國家，向來於荒涼貧瘠的森林邊界活動，夏季尚可靠獵捕維生，但每逢萬物歸息的冬季便時不時侵擾鄰近諸國。只是他們鮮少將戰線拉得這麼長，或許如同尤萊亞所言，是由於今年冬日較以往更為嚴峻。

「南下？」原以為只是兄弟間的內訌鬩牆，怎料還扯上了綠旗軍，情勢一時間躍升為另一個層級，塞德里克再也無法保持冷靜，直接出聲打斷尤萊亞，「知道他們的目的地是哪裡嗎？克迦亞地區也淪陷了嗎？」

「這，駐軍任務是固守邊疆，我……」

不再逼迫支支吾吾的傳令兵，塞德里克扭頭望向擁有決定權的尤萊亞，將拳頭抵上胸口，微微低頭躬身，「父王，我請求揮兵南下。」

衝動的王儲自知這番舉動過於冒進無禮，心裡已經做好挨罵的準備，怎料尤萊亞不僅沒動怒，依然從容和煦的語調甚至透著揶揄，「嗯？我還以為你和昆汀處得不好，看你們倆總是相敬如賓。」

不是不清楚外界如何評價自己與昆汀的婚姻，人們將不睦和無後的罪過全怪在男人身上，只是塞德里克始終放任謠言四起，即使親耳聽聞奚落，也從未澄清。尤萊亞了解兒子的性格或許明白事實，但其他外人呢？

「這是兩回事，昆汀再怎麼說也是北之國的親王，我們怎麼能放任哈爾頓如此猖狂！」湧上心頭的是憤怒與內疚，塞德里克義憤填膺，既是氣惱尚未明朗的現況，也是難忍自己無所作為，「今天他膽敢襲擊奈斯特王國，明天是否就敢揮兵北之國？」

塞德里克不由得思考若不是對那些冷嘲熱諷視而不見，早早下手懲治那些愛嚼舌根的好事者以儆效尤，昆汀在奈斯特王國的待遇也許會因而提升？綠旗軍是否又會忌憚北之國的勢力選擇進攻他國？

「目前只掌握綠旗軍南下的事實，並不清楚奈斯特王國現況，也許只是虛驚一場。」

疑慮被點出的塞德里克一頓，仍不忘爭取，「這，我……可以先和雷因去探探狀況。」

「普利莫你怎麼看？」

聞言塞德里克連忙回過頭，這才發現擔任王家騎士團團長的普利莫男爵不知何時已步入議事廳。

「我認同殿下所言，但我認為出兵一事不得莽撞。」

「一來打仗勞民傷財，二來南方距離遙遠，三來氣候有所落差，最重要的是克迦亞地區並非我們屬國，望陛下三思。」出聲附和莫利普的是副團長葛蘭男爵。

塞德里克當然理解他們的顧慮，奈斯特王國距離遙遠，對北之國沒有任何好處。然而只要想到昆汀被迫浴血而戰，塞德里克就怎麼也無法保持理智，「人命比無謂的名聲更加重要！」

「事關重大，我們應該多方確認再做打算，還望陛下三思。」

「父王，克迦亞地區的人民危在旦夕，我們越是猶豫，他們就越是危險。」

「就算綠旗軍真的進犯克迦亞地區，以路程推估應該剛開打不久。克迦亞地區有處易守難攻的天然險要，這麼多年來成功阻隔外敵，就算綠旗軍武力再強也不可能短短幾天就打下來。」

「若是戰況尚在可控範圍，雷因怎麼會來求救？」

莫利普和葛蘭的意圖再明顯不過，幾番遊說就是希望塞德里克改變想法。雙方各有立場，嘴上你來我往地互不退讓，年輕的王儲以一敵二，倒是不落下風吵得平分秋色。

「打仗不是遊戲，殿下是否想過要以什麼理由出兵？」

如果奈斯特王國的動亂不是外患，而是單純王位之爭，他國勢力任意插手只會被視為別有企圖引來諸國撻伐，屆時別說面子恐怕連裡子都輸了。

「我們在能力可及範圍內，向求救的友邦提供協助不是理所當然嗎？」

「親愛的殿下，我們不能用理所當然說服臣民，更無法說服我們的騎士拿性命去為一個鮮少往來的地區冒險。」

男人的話像是一把刀狠狠戳上痛點，感到被冒犯的塞德里克不悅地皺眉，衝動在剎那間統御理智，「既然你們要理由，那營救儲君這個理由分量夠嗎？」

對上莫利普震驚的目光，塞德里克感到後悔卻已來不及把話收回。

「殿下應以自身安全為重，您——」

「行了，我都沒說話你們就吵成一團。」充滿威嚴的男聲打斷各執一詞的兩方，顯然尤萊亞在吵吵嚷嚷時已做出決斷，「普利莫你安排一下，讓阿克特和波文帶一個小隊立刻整兵出發，聽里奇的指揮。」

「陛下可是——」

「難道你們真的想到克迦亞地區去救人？」

聽到這裡塞德里克雙眼一亮，忍不住確認自己的解讀是否有誤，「父王您的意思是？」

「明知道你會偷偷摸摸溜出去，又何必浪費力氣去阻攔。記住，一切小心。」

「謹遵父王叮囑。」雖然只是一個小隊，但能夠順利爭取人力已經超乎塞德里克預期，他不再多做停留，連忙躬身告退。

†

塞德里克急忙趕回寢宮，喚來兩名侍從更換裝束並穿戴軟鎧。正忙著依序套上腿甲和膝甲，才剛在協助下固定胸腹甲的綁帶，就聽見身後傳來問候。「陛下、托爾殿下。」

「父王、父親。」垂首向雙親行禮，塞德里克擺手屏退侍從，「你們下去吧。」

「收拾得挺快的，看起來真的急了。」

「父王我……」塞德里克連忙看了雲淡風輕的君王一眼，到嘴邊的賠罪在舌尖上溜了一圈最後又嚥回去，心虛地盯著腳尖，「雷因受傷了，敵方甚至動用火藥，我認為戰況不樂觀。」

「別太擔心，若情況真的危急性命，龍是不可能拋下騎士的，那小子一定還活著。」

「唔……」塞德里克抿了抿唇抬起手臂，在托爾的協助下穿戴剩下的肘甲和腕甲。雖然清楚父王說的道理，卻管不住失序的想像力。

「和你說個趣事，你前腳剛離開議事廳，那些不知道從哪裡得到消息的貴族就來了。」

「他們什麼意思？」塞德里克下意識追問，旋即又洩氣地撇了撇嘴，「不用說一定是反對……」

「你只猜對一半。」

「一半？」

「確實多數人都反對，只有貝倫特力排眾議支持出兵。他提起偷襲古梟會據點的舊事，在所有人面前說得天花亂墜，幾乎把你捧上了天。」

聽聞此話塞德里克沒有絲毫喜悅，冷哼出聲，「我看他是巴不得我和昆汀成為眾矢之的。」

人性是自私的，權勢高漲的王族早已引起貴族不滿，尼古拉家族的下場更是諸多貴族心頭的一根刺，他們感到崇敬和畏懼，也感到如坐針氈，生怕成為下個覆滅的家族。

戰爭是大事，塞德里克的獨斷行為本就背離眾意，貝倫特還在這種敏感時機提及往事，無疑是提油救火。

「王冠是權力也是義務，而非恣意妄為。」

「所以父王打算撤回前言嗎？」擔憂男人後悔，塞德里克猛地抬起頭，顧不上掩飾震驚，「但是……」他一張嘴開開闔闔，試圖重組字句好說服尤萊亞改變心意。

「別這麼緊張，和剛才承諾的一樣，讓一個小隊的騎士從坎培紐城出發，但等等我會寫信給華夫，直接從邊境派遣兵馬支援。」

「父王您相信我的判斷！」塞德里克樂得綻開笑容，感動過後隨之湧現的是顧慮，「可是這樣豈不是落人口實？」

「所以你只能打勝仗了。」

塞德里克蹙起眉頭，不顧披風尚未繫妥，連忙直起俯向尤萊亞的上身，「可是……」

「別亂動，還沒好。」他正欲多說，頸項又被父親拉了回去。如此尷尬的姿勢，塞德里克縱有滿腹的話也只能吞回去。

「行了。」

「父王，您剛才——」

「抬頭挺胸可難不倒你，我們狄亞洛斯天生就是這塊料。」

挨了不輕不重的一拳，塞德里克本能地挺起胸膛，接著又被尤萊亞捧著臉頰再次拉向前。這回他感覺到柔軟的觸感印上額頭，一如孩提時每個夜晚，簡單的動作便能輕易拂去蒙上心口的所有憂慮，「我們在家等你凱旋歸來，我的小王子。」

「父王，我已經不是孩子了。」用手背蹭過留有溫度的皮膚，塞德里克咕噥著抱怨。

「去吧，別讓雷因等太久。」

整裝完畢步出寢宮的塞德里克依舊心急如焚，卻不得不承認原先空洞的底氣因為雙親認同提升不少。相對他形色匆匆，長廊另一頭兩抹相偕而立的身影始終一動也不動。

「我沒想到您是真的支持他。」

尤萊亞將目光轉向率先打破沉默的托爾，吟吟一笑，「你也認為里奇不該去？」

「即使出兵援助也不一定要里奇親臨，畢竟戰場上刀劍無眼。」

「若無成鷹狠心將雛鷹推下懸崖，日後如何能有雄鷹稱霸天際？托爾，我們不可能保護他一輩子，里奇終究要獨立扛起責任。」尤萊亞漫步走向窗邊，微仰下頷目送黑影掠過天際，「我正愁沒有稱手的磨刀石，這場戰事來得恰到好處。」

「以戰場當作歷練不會太冒險嗎？」

「你認為這場戰事會拖多久？」

「至少半年吧。」

「我親愛的托爾，你是太看得起綠旗軍，還是看不起克迦亞地區？」尤萊亞低笑著往後仰倒，懶洋洋地倚進再熟悉不過的厚實懷抱。

「根據往年慣例推測，這場戰事不會超過兩個月。那些牧人雖然剽悍善戰，但侵吞土地不是他們的目的，戰事持續越久對補給有限的綠旗軍越不利。」

「陛下的意思是……」

「這是場一定會獲勝的仗，只是時間早晚罷了，這種得天獨厚的條件給里奇歷練可是再合適不過，所以把你的心放回原位。」尤萊亞回過身，伸手點了點男人的左胸。

整隻手被悶不吭聲的男人生了厚繭的手掌包覆，尤萊亞也不掙扎，調笑著彎起手指在托爾掌心作怪，「心疼了？」

「我只是有些感慨，曾經不足小腿高的孩子一轉眼已經成婚，現在和他父王當年一個模樣，即是被荊棘弄得渾身血淋淋也要前行。」

「適當歷練是繼承王冠的必經過程，別忘了那些豺狼虎豹可是巴不得將剛破土的幼苗掐死。」牽起嘴角，憶起舊事的金髮君王笑得儒雅。上任君王因故早逝，尤萊亞年少即位，本就羸弱的王族威信全無，蠢蠢欲動的貴族掛著虛偽可親的面具，打著輔佐的名號全圍了上來，目的昭然若揭。

「我們熬過來了。」

「因為有你。」從小到大如果沒有托爾捨命相護，尤萊亞早就死於無數次暗殺。

「有陛下的成全里奇會更加順利，我知道，里奇也知道。」

當時韜光養晦費盡心機的時日有多難熬，尤萊亞比誰都清楚。他不願塞德里克經歷那些，早早為之做了準備。

「我有說過謝謝嗎？」面頰在最忠誠的騎士胸口蹭了蹭，尤萊亞拉起男人骨節分明的手

掌，將自己的手指牢牢嵌進指縫間。

「我更喜歡聽陛下說愛我。」

「你這張嘴學壞了……」尤萊亞仰首迎接托爾欺近的唇舌，暗啞的嗓音混合著曖昧響動，與其說是責備，聽上去更似令人赧然的呢噥絮語。

淺嘗輒止的吻在中途變了味，貪婪的舌尖一再索取糾纏，直到氧氣耗盡男人才依依不捨拉開距離，黑髮騎士看上去毫無異狀，肺活量不如人的尤萊亞卻早已腦袋發昏不停喘息。

瞪了眸底藏不住情欲的托爾一眼，尤萊亞伸手阻攔試圖再次靠近的吻，「停止，接下來得等正事辦完後才能繼續。」

「聰穎如陛下，寫密函應該不會花費太多時間吧。」

「寫完還得送出去，那得看你辦事的效率了。」尤萊亞偏了偏頭，唇角溢出一聲輕笑。

「悉聽尊便。」

「準備隻雪鷹給華夫送信。」

「好。」

「還需要一個人。」

「什麼人？」

尤萊亞朝托爾眨了眨眼，笑得狡黠，「另一個版本的密函不如就交給康納吧，騎士團精英應當足以肩負信使重任。」

一切發生得太快太突然。連日以來昆汀總要累到極點才能勉強入眠，而且仍睡得不安穩時不時驚醒，每每睜開眼都忍不住懷疑是否還在夢境之中。這次是他半年多來第三次為法蘭基二世返回奈斯特王國，男人的病況時好時壞，但從逐漸增加的昏迷時間來看，顯然藥草效用有限仍然益發惡化。

為了爭奪即將易主的王位，亞力克、丹尼爾和代表愛德華的現任王后，三方動作頻頻，明爭暗鬥鬧得不可開交。昆汀自認是局外人並未摻合其中，只是怎麼也沒料到，彌留的法蘭基二世還未駕崩嚥氣，鬩牆的兄弟也還沒爭出結果，變故反倒在這時候造訪。

「咚、咚、咚──」

那夜他被喧天的鼓聲吵醒，愣神片刻才分辨出震耳欲聾的動靜是真實存在。短促密集的節奏有示警的含義，常用於敵襲時，在莫蘭頓大陸東方戰事頻發的地區並不罕見，在奈斯特王國卻前所未聞。

克迦亞地區氣候宜人物產豐饒，能夠在群敵環伺情況下固守沃土，依靠的就是得天獨厚的盆地地形，整個地區對外只有個由峭壁夾道的狹長出入口，雖然不便但設有重兵的關隘確實確保了常年平靜。

昆汀顧不上多想，連忙披上外袍趕至燈火通明的議事廳，看起來裡頭幾名同胞兄弟同樣一無所知。他正思考著出宮打探消息，就聽見驚慌失措的呼喊由廳外傳來，「殿下，不好了！有人突破璐菲關口打進來了！」

「人有多少？搞清楚他們的來歷了嗎？」出聲的是亞力克，從法蘭基二世纏綿病榻，男人便憑恃長子身分擅自接管一切政務。

「不確定人數，但至少有五、六百！那些人穿著獸皮打赤膊，看起來像是北方來的。對了，還有旗！我看見他們拿著綠色的骷髏旗！」

「混蛋，北方來的蠻人還敢如此猖狂！」亞力克重重一拍扶手自王座上起身，踩著怒氣騰騰的步伐向外走，「傳命令備馬整軍，我要親自去看看，讓那些野蠻人後悔踏進奈斯特王國！」

「母后，我好害怕……」

「亞力克已經領軍迎敵了，別擔心很快就沒事了。」

「真的嗎？」

「亞力克的劍術優異，可是我國數一數二的戰士。」

昆汀卻沒有眾人那般樂觀，在聽聞傳令兵的描述時，對於敵方身分便有了底。墨綠色骷髏旗是綠旗軍的標幟，相傳見旗如見人，狼籍的惡名令諸國聞風喪膽，只是沒想到經年橫行北境的他們竟會現身克迦亞地區。

勞心勞力特地千里跋涉，是有什麼原因嗎？然而不等昆汀得出答案，侍從又捎來今夜第二個噩耗，「殿下！陛下、陛下他……駕崩了！」

也正是從那天開始，日日都有壞事發生。

第一日，年僅十歲的愛德華根據法蘭基二世預擬的詔令繼承王位，氣得丹尼爾把桌子都掀了。新君上任並未帶來奇蹟，面對綠旗軍壓倒性的武力，前線潰不成軍，轉眼領土已被攻下大半，曾經遼闊美麗的麥田被糟蹋得一片狼籍。

第二日，亞力克戰死前線。少了主帥排兵布陣，本就沒有實戰經驗的士兵更是敗如山倒，就算昆汀能夠以一敵百也無法力挽狂瀾。由於慌忙撤退，分屬五個國家的兵力全被沖散，令局勢雪上加霜。

第三日，丹尼爾代表奈斯特王國前去敵營談判卻慘遭不測，首級被高掛示眾。

第四日，昆汀從丹尼爾寢宮發現更加驚人的事實，法蘭基二世死亡是有人在食物中動手腳，綠旗軍能夠輕易通過關隘也是拜丹尼爾所賜。他為了王位用盡心機，但顯然因利益形成的同盟並不穩固。

第五日，一早前去伺候的侍從便發現國王愛德華、公主貝絲、由王妃晉升為王太后亨利埃塔的寢宮空蕩蕩的，推測應該是逃回王太后的娘家蒙德拉王國。連帶許多不安分的侍者也捲走金銀珠寶悄然逃跑，奈斯特王族死的死跑的跑，所有重擔理所當然全壓在昆汀身上。

顧不上消化悲傷與惆悵，前有敵襲後有家賊，昆汀忙著整頓群龍無首的士兵，待回過神才驚覺陪伴自己浴血沙場的雷因竟不見蹤跡。

第六日，經過多日的洗禮，措手不及的士兵總算逐漸掌握戰場的狀況，但畢竟平日過於安逸，疏於鍛鍊的士兵根本攔不住勢如破竹的綠旗軍，防線依然一寸寸向內收縮。

為了避免坐困圍城，昆汀領著穿著各異的多國雜牌軍負隅頑抗，才剛解決掉一名手持長矛的彪形大漢，眼前的光線突然一暗。抬頭一看，果不其然身形大得足以翳日的是極為熟悉的巨龍。

「小混蛋。」昆汀笑著罵出聲，心頭的忐忑在四周因為黑龍出現掀起譁然時平息了下來。

「跑去遛達也不說聲，現在倒是肯回來了？」見雷因靈活閃避各種襲擊還不忘發出悠長的龍吟回嘴，昆汀沒好氣地悶哼，「我才不擔心你，你皮厚肉硬比我的鎧甲都安全。」

聽聞又一聲反駁的低鳴，昆汀不自覺湧上火氣，揚聲數落道：「我有說錯嗎？那天要不是你臭美非要鬧著玩，也不會受傷。」

昆汀此話不假但難免有些不公平，既能騰空飛行又能口吐火焰的巨龍無疑對敵方造成極大威脅，當時箭矢和火球如雨點般密集，雷因只來得及躲開即將正面襲來的攻勢，卻來不及閃避爆炸造成的衝擊。

昆汀只能眼睜睜看著殺傷力十足的武器在龍鱗上留下一道血淋淋的傷口，如今回憶起來，怒火便瞬間竄得老高。

他握緊劍柄加快揮舞重劍的速度，低身突進、旋身劈斬、揚臂上挑，行雲流水的連擊直取敵方首級。跟前頸項濺血的男人才剛倒下，一道來源不明的強勁風勢無預警劃過臉側，然後一聲脆響不知身後撞上了什麼。

昆汀連忙回頭，恰好與一名企圖偷襲的大漢對上目光，顧不上細究是誰出手相助，他偏頭躲過已經沾滿血跡的斧頭，順勢揮劍出擊，沉甸甸的巨劍抵上男人腹部，將之震飛出去。同時間昆汀右手一揮，拋擲出去的重劍直接貫穿男人的鎧甲和胸膛。

上前取回武器，隨手拭淨沾上劍身的血跡，昆汀抬眸回望，試圖從混亂的戰場中找尋救命恩人的蹤影。只是視界所及全是賭上性命相互拚搏廝殺的混亂，汗水、淚水、血水混成令人作嘔的鹹腥鐵鏽味，根本無從分辨差異，直到一抹極其熟悉卻不該出現的身影映入眼簾。

塞德里克一塵不染的輕便鎧甲，在陽光照耀下顯得熠熠生輝，畫面美得恍若夢境，與肝髓流野的戰場格格不入。

這些天克迦亞地區的情況一日比一日糟糕，獨自脫身離開對於昆汀當然再容易不過，但在瞧見前線兵馬血染大地，流離失所的無辜婦孺被迫四處逃竄，美麗麥田遭受馬蹄踐踏甚至化作火海後，他怎麼也做不到置身事外，與奈斯特王國共存亡成了唯一選擇。

昆汀自認對得起國家，對得起雙親，唯獨對不起曾經承諾要守護一生的伴侶，還記得離開北之國時，他答應塞德里克要早些回去參加冬季慶典，而今恐怕是要食言了。

原先昆汀就已心懷愧疚，眼前突然浮現塞德里克的模樣，雖然清楚只是幻覺，卻仍止不住氾濫成災的思念。若說接二連三的打擊猶如真實存在的煉獄，只在夢境中出現的回憶就是僅存的美好。他甚至不敢出聲破壞此時此刻的寧靜，直到溫醇嗓音猶如響雷，驚醒陷入思緒的昆汀，「你還真會挑地方聊天。」

「里奇？」昆汀困惑地眨了眨眼，好半晌才意識到理應遠在北方受人伺候的王儲真的出現在這片混亂之中，「你怎麼會在這裡？」

「我為什麼不能在這？」

「雷因，是你吧！你怎麼可以擅作主張？打仗可不是遊戲，這裡那麼危險，快點把里奇送回去。」無須多想，始作俑者必定是莫名失蹤又突然出現的黑龍。

昆汀怒斥，但雷因可不是甘願聽令的個性，只見驕傲的龍族撇過頭，發出一聲沉吟，接著以火焰嚇退試圖逼近的敵軍，尾巴擺盪幅度表現出的拒絕意味相當明確。

「我可沒說要離開。」除了龍，能夠以言語溝通的男人同樣不配合。似乎要證明所言不假，塞德里克機敏地格檔迎面襲來的長矛，緊接著身形略遜一籌的王儲俐落地將劍旋轉一圈，瞬間化守為攻，憑藉靈活的攻勢反過來將對方逼得節節敗退。

話雖如此昆汀依舊不放心，「這裡不安全，你跟雷因先離——」

「在這些聯合軍中，你能調度多少人馬？」

然而勸阻的話都還沒說完，昆汀就被塞德里克一腳踩中痛處。他搖了搖頭，笑得無奈且懊惱，「我並沒有指揮權。」

因為意料之外的事態，遭逢打擊的奈斯特王族幾乎凋零，除了亞力克留下的妻子與幼子，就只剩下尚未婚配的公主。原先臣民看在法蘭基二世的面子上還會聽令於昆汀，但在效忠克迦亞其餘各國的士兵面前，一介庶子根本不被放在眼中。

若在往日，視權力為無物的昆汀完全不會在意，然而此時戰事吃緊，前線捉襟見肘，如果能將散亂的兵力整合起來必定能有所助益，偏偏他既無權勢也無威望，無法付諸實行的想法只是空談。

†

祖國深陷戰火，父兄接連喪命，從昆汀口中得知的情況遠比預期更加糟糕，塞德里克一時間五味雜陳。本欲繼續追問，但戰場畢竟不適合說話，他只能壓下滿腹情緒，待綠旗軍攻勢趨緩才隨著昆汀返回暫時充當本營的寬敞莊園。

被主人拋下的莊園相當寬敞，園丁精心打理的草皮成為安頓軍隊的廣場，偌大的宴會廳則被改為收容傷員的處所，醫官和自願加入照顧行列的平民忙進忙出，這些景象全被書房中的塞德里克和昆汀納入眼底。

塞德里克收回目光，望著桌面上標有敵我分布的地圖皺眉，「奈斯特的地形平坦，就算有丘陵也不足以影響戰局，只靠這些人撐不了多久。」

「扣除綠旗軍，他國的兵力有三分之一，隸屬奈斯特王國的有三分之二，但真正聽我號令的只有一半，另一半則把持在某些大家族手中。」

「希望你和那些家族處得還可以。」

「至少在大方向上還算能溝通。」

看了一眼聳肩苦笑的昆汀，塞德里克向莊園外昂了昂下頷，「你有試過和外頭那些士兵交涉嗎？」

「試過，但成效不彰。」若是單論人數，身為地主的克迦亞諸國自然遠多於綠旗軍，但脫離統帥指揮的混合軍各自為政只憑本能作戰，根本起不了作用。

「是嗎……」盯著地圖沉吟片刻，塞德里克邊說邊以指尖敲了敲北方的位置，「北之國的兵馬已經出發了，屆時裡外應和，區區綠旗軍自然不成問題，只是在那之前得好好撐住。」

沒等昆汀搭腔，塞德里克逕自給男人安排任務，「你負責搞定自己人，其他鄰國交給我。可以從最靠近的漢里斯王國和凱利王國著手，他們在彼此國境內的人馬最多，若是談妥成效應該最為明顯。」

「不。」

「什麼？」聞言塞德里克困惑地眨了眨眼。

「我很感謝北之國願意提供協助，但你不適合代表奈斯特王國出使，我現在就讓雷因送你回北之國。」

「我不適合？那你認為誰才適合？」名為背叛的火焰登時將理智燃燒殆盡，塞德里克臉色鐵青，氣得咬牙切齒，「你嗎？那誰來指揮這盤散沙？還是你打算把整個奈斯特王國拱手讓人？」

「誰都可以除了你。」

「就算你同時派出四名使者，光是路程就要浪費多少時間？更別提他們不一定能夠達成任務。」塞德里克發出一聲冷哼，直勾勾怒視膽敢將自己排除在外的男人，壓低的聲線毫無波瀾，「再給你一次機會改口。」

兩人大眼瞪小眼僵持好半晌，最後打破沉默的是昆汀的嘆息，「這裡很危險，我不希望你受傷。」

「沒記錯的話，剛才可是我救了你。」

「里奇，我不是否定你的能力，但混戰之中什麼都可能發生，我沒有把握保護你。」

「不用你保護，我自己能顧好自己。」雙手抱胸，塞德里克沒好氣地撇了撇嘴，「總之我等等就出發去漢里斯王國，你身上有什麼可以證明身分的東、唔……」

見昆汀一步步欺近，塞德里克以為男人被說服，正打算拿出什麼得以證明奈斯特王族的特有信物，沒想到會突然被牢牢摟住，屬於另一人的溫度隨即壓覆下來。

擅闖的舌尖也不打聲招呼，橫衝直撞在口中掃蕩，男人的動作既急切又魯莽，受到影響的塞德里克連帶也被擾亂得心浮氣躁，離開戰場後才剛緩和的腎上腺素又一次湧現。

「嗯，唔……」緊緊環在腰際的手像鐵鉗似的掙也掙不開，塞德里克也不客氣，一口咬住嘴裡肆虐的男人。滿布神經的舌頭何其敏感，再英勇的騎士也免不了吃痛，塞德里克耳邊響起一聲悶哼，昆汀總算停下動作。

「喂！我在說正事，你做什麼？」

「抱歉，我最近經常在夢中見到你，可是這次太真實了。不論是聲音、體溫，還是生氣的表情，全都一模一樣，所以忍不住想確認是不是還在做夢。」

聽聞此話，塞德里克一時間不知是該感到心疼還是憤怒，「還沒睡覺就說夢話，你是笨蛋嗎。」彆扭地伸手擦了擦嘴角，高漲的情緒因為這段意外插曲倒是緩和不少。

「你真的不願意離開？」

「還要說幾次，我不會走。」塞德里克不耐煩地蹙眉，還以為又得重複剛才的爭論，怎知道再次靠近的男人往自己掌心塞了枚戒指。

「這是？」那是枚塞德里克從沒見過的金屬指環，上頭鑲嵌著藍寶石，作工不算精細，但總歸是王族常見的樣式。

「交給你了，一切小心，是成是敗都——」

沒讓昆汀把話說完，塞德里克沒好氣地瞪了男人一眼，「我不會失敗。」

「別給自己太大壓力。」

「你倒是給我好好保住性命，別讓我的努力付之一炬。」一把揪住男人猩紅色的披風，塞德里克沉聲告誡。

昆汀雖未明說，但話裡話外總是透出一股無法言喻的決絕。男人並不看好這場已然一敗塗地的戰局，於是做足心理準備打算與王國共存亡，同意塞德里克擔任使者也是認為比起在戰場上廝殺，往來各國會更加安全。

「我會的。」一如此時昆汀嘴上附和著，可是情緒仍難掩低迷。

「喂，你——」塞德里克正欲多說，突然間唇瓣上又落下一枚親吻。

輕觸即離快得塞德里克來不及反應，屬於男人的氣息和溫度就已退開，徒留一聲訣別意味濃厚的呢喃，「里奇你該出發了。」

不悅地瞇起眼，塞德里克再次拉低昆汀的腦袋張口啃了上去，沒有留情的力道令嘴唇輕易見血。

「等我回來。」他用拇指將傷口處的鮮紅液體抹開，滿意地瞧見男人從容就義的凜然被錯愕取代。

†

漢里斯王國與奈斯特王國國土相鄰，雷因載著塞德里克升空，不過一小時就已穩穩降落在前者位於漢里斯城的城堡。毫無意外地，他們隨即被全副武裝的侍衛團團包圍，「來者何人？」

「勞煩替我傳達一聲，北之國的塞德里克王子求見。」

躍下龍背的塞德里克佇立在偌大花園中央，沒等到侍者上前引路，反而等來木門被由內被踹開的響動。循聲望去映入眼簾的是名身穿戎裝的女性，看上去形色匆匆。

「女王陛下。」塞德里克向女人微微躬身。在漢里斯王國不論男女均具有王位繼承權，過去經歷數任女王執政，在位數十年的現任君王瑟薇女王更是以不輸男性的剽悍聞名。

「我國與北之國素來沒有交集，殿下貿然闖入為了何事？」

「今日來訪是有要事商討。」

「直說吧，我趕時間。」

「綠旗軍開戰僅只數日就拿下過半地區，照這種情勢來看，距離兵臨城下應該剩不到幾天吧。」

「若是特地來說風涼話，恕我不奉陪。來人，送客。」

「陛下請留步，只需耽擱三分鐘。」

「就三分鐘。」

「北之國願出兵協助克迦亞地區度過這個難關。」

塞德里克不再繞圈子，直接開門見山。此話一出，瑟薇女王臉上的不耐煩瞬間被詫異取代，但不過眨眼便恢復平常，「相傳北之國兵強將勇，但你我分踞天南地北，為何出手相助？」

「陛下可認識奈斯特王國的三王子？」

「三王子……丹尼爾？」

「不，達爾殿下年幼病逝，並未列入排序。」

「別人的家務事你倒是很清楚。」瑟薇女王發出一聲悶哼，「所以你說的三王子是叫昆汀吧？現在整個奈斯特也只剩下他了，說起來好像是名龍騎士？」

「他是我的王夫，這位是他的戰友。」伸手輕拍身旁黑龍的腳爪，塞德里克揚起嘴角。

「看來傳聞是真的，無權無勢的庶子幸運攀上高枝，我們倒是連帶占便宜了。」

塞德里克不著痕跡地挑眉，朝女王微微頷首，「陛下客氣了。」

只是下一秒女聲話鋒一轉，揚起的語氣增添不少壓迫，「不過我可沒忘記是誰與哈爾頓勾結，引綠旗軍侵門踏戶。」

「陛下這話可不公道，沒有證據的事怎麼可以隨口胡說。」塞德里克眨了眨眼，笑得如沐春風。

克迦亞諸國土地相鄰，王室之間相互通婚屢見不鮮，關係千絲萬縷，消息靈通也不奇怪。只是這種事不論真相為何，就算外頭謠言傳得甚囂塵上，塞德里克說什麼也不能承認，畢竟只要承認，奈斯特王國就會淪於被動立場。

「為了個男人出兵，即使殿下真的欲令智昏，貴國臣民也不會同意吧？願意雪中送炭想必是打算從我們手上得到什麼，所以條件是什麼？」

「開放通商買賣十年。」面對瑟薇女王的提問，塞德里克早有準備。

「可以。」

見女人答得爽快，塞德里克才接著說下去：「對北之國商團減徵七成稅收五年。」

開放通商買賣對彼此都有利，減徵稅收才是真正目的，塞德里克將談判的分寸拿捏得恰到好處，雖令對方感到不悅卻不傷及根本。國與國之間的相處模式是利益而非道義，向克迦亞諸國提出適當要求既能降低對方戒心，更重要的是還能對北之國的臣民有所交代。

「殿下這是獅子大開口啊。」

「常說戰爭勞民傷財，看在我家王夫的面子上，北之國主動起兵相助，陛下不會捨不得這點蠅頭小利吧？」

「好吧，我只聽說北之國驍勇善戰，卻不知殿下還有這等兵不血刃的口才。」一如預期瑟薇女王答應了，畢竟錢財和性命兩者輕重毫無懸念。

「陛下謬讚。」塞德里克將調侃視為讚美趁勝追擊，「此外還有個條件。」

「肚子裝不下雙眼看見的所有事物，這個道理殿下清楚吧？」

「多謝陛下提點，但這條件不是為北之國，而是為克迦亞諸國。」見話題成功引起對方注意，塞德里克也不再繞圈子，「北之國軍隊再有效率也需要時間，但連日的爭戰已經沖散各國兵馬，只有站在同陣線合作禦敵，才有機會阻攔來勢洶洶的敵軍。所以還望陛下授權給該國將領，讓漢里斯王國士兵在這段期間配合指揮，同樣身處漢里斯王國境內的奈斯特兵馬也歸陛下安排。」

「可以。」

「既然如此，就請陛下簽署這紙契約。」塞德里克從隨身行囊中取出事先備妥的文書。

「你就不擔心我會拒絕？」

「相信明理如陛下不會拒絕我的誠意。」看著瑟薇女王在羊皮紙上落款，塞德里克總算鬆了口氣，嘴角的笑意真實了幾分，「更何況此事十萬火急不是嗎？」

他嘴上說得很是自信，卻無人知曉從容模樣下肩負何其沉重的壓力，之前死纏爛打毛遂自薦，幸虧有個好的開始，否則也不知該如何向昆汀交代。雖然取得初次成功，但戰況告急時間有限，塞德里克無暇歇息，只能匆忙告別瑟薇女王趕赴下個國家。

Quentin Nestor × Cedric Diallos
NORTHERN EMPIRE
第16章
Northern Empire
Crown Prince & Dragon Knight

巨龍翱翔天際再快也需要時間，塞德里克抵達克迦亞帝國的首日只來得及拜訪相鄰的漢里斯王國及凱利王國。翌日清晨，他馬不停蹄前往位於克迦亞帝國最西側的奧巴薩爾王國，沒有多費口舌便與早已有意合作的國王達成共識。

一切超乎想像順利，直到最後的蒙德拉王國。白髮蒼蒼的雷蒙德國王沒等塞德里克說完就拒絕了提案，自詡為獅王後裔的男人認為地處邊陲的蒙德拉王國與居於中心的奈斯特王國及漢里斯王國不同，東側是峭壁，與他國接壤的西側雖同樣受綠旗軍侵擾，但範圍尚可控制無須他國介入。

清楚雷蒙德國王如此排外的態度不僅僅是話中所言，更因為逃回娘家避難的亨利埃塔王妃和一雙孫子女。為了保住孫子愛德華的王位，雷蒙德國王不願昆汀的勢力壯大。

對此塞德里克當然不甘心，但根本沒有機會多說，就被毫無耐性的國王下令趕出大廳，逐客的意味再清楚不過。身為王儲，塞德里克何曾遭遇這般屈辱，險些氣得直接調頭離開。

雖說蒙德拉王國是否加入聯軍對整體戰局影響較低，但現下前線吃緊，一兵一卒都是關鍵。做了幾個深呼吸壓下憤怒，塞德里克陪著笑臉要一旁頻頻竊笑的侍衛向內傳達再次求見，然而幾番嘗試全都杳無音訊，換來旁人越發不加掩飾的奚落。

苦無他法，碰了釘子的塞德里克不願繼續浪費時間只能悻悻離開。返程時他特意指揮雷因繞過前線，一如雷蒙德國王所言，蒙德拉王國地處偏遠並非主戰場，敵方分配的兵力有限，相比其他只剩下不到三分之一國土的中央諸國，的確尚有討價還價的餘裕。

「走吧，我們該回去了，昆汀需要我們。」暗嘆了口氣，塞德里克俯身拍了拍身下陪同四處奔波的巨獸，示意黑龍調頭。

而就是那個瞬間，塞德里克眼尖地瞧見混戰之中一名男子不堪敵軍圍剿，狼狽地跌落馬背。最初吸引他注意的是男人有別於其他士兵的華麗穿著，雖無法判別身分，但明顯非富即貴。

或許該名身分不明的男人有可能左右雷蒙德國王的想法？一個突發奇想的念頭掠過腦海，但僅只剎那，塞德里克隨即駁回自己毫無根據的假設。

畢竟戰事正如火如荼地進行，就算那名男子有意報恩恐怕也來不及了。腦中千迴百轉，塞德里克當然可以選擇袖手旁觀作為報復，最後仍是理智占了上風，不管與蒙德拉王國是不是盟友，同是與綠旗軍敵對的立場終究不變。

「雷因，等等！我們折回去，飛低一點。」來不及多想幾乎是本能地搭箭拉弓、瞄準鬆弦，眨眼剎那完成一連串動作，三支箭矢便劃破空氣而出，精準地分別射中三名綠旗軍士兵。雖不致死，但此舉已成功從死神手中搶回男人一條命。

此舉激起敵方怒火，果不其然鼓譟聲四起，為了教訓不識相的挑釁者，綠旗軍紛紛祭出各種武器。塞德里克可以瞧見弓箭、長矛、戰斧，甚至是鍊槌與自己擦身而過。他察覺身下傳來震動的同時聽聞一聲沉吟，眼見巨龍即將向下俯衝，連忙出聲制止：「別和他們糾纏，我們回去吧，我擔心昆汀那邊的狀況。」

雖然不甚甘願，雷因終究是放棄出一口氣的機會，選擇重新拉升飛行高度。經過這些年相處，塞德里克雖然做不到昆汀那般與雷因流暢對話，但已精準把握這位忠實戰友的個性。龍族是驕傲有原則的種族，可是只要事關龍騎士，看似強硬的底線似乎總有商量的空間。

即使未經證實，塞德里克也能肯定雷因曾試圖說服昆汀離開毫無勝算的奈斯特王國，只是男人拒絕戰友的好意，執拗地決定與故國共存亡，束手無策的巨龍只好向外求援，死局才因為北之國的介入迎來一線生機。

說是生機卻仍充滿風險，更遑論計畫並未依照原定那般順利。然而箭在弦上，縱使塞德里克耿耿於懷也無濟於事，只能咬著牙沉住氣，與昆汀二人擬定戰術細節並傳遞至各國。

在計畫要角到來前的這段期間，一盤散沙的聯軍由於結盟開始有所起色，相互配合之下總算成功阻攔綠旗軍不斷擴張的勢力，反過來一碼一碼推進戰線。聯軍低迷的氣勢因而大盛，收復國土的進度在這兩日大有斬獲，只是要將得寸進尺的侵略者徹底逐出家園尚需加大力度。

塞德里克日夜企盼，這一天傍晚總算與雷因在璐菲關口等來傳自地面的震動，緊接著是馬蹄奔騰的聲響和蔽日的茫茫煙塵。

「來了。」處於視野極佳的塔樓頂端，塞德里克清楚瞧見訓練有素的兵馬是如何井然有序逼近，行進間掀起的磅礡氣勢彷彿無堅不摧的大浪，轉瞬便將曾經重兵看守如今卻空蕩蕩的隘路重新填滿。

「奉陛下之命，屬下葛拉多率領騎兵五百人，謹遵塞德里克殿下差遣。」只見負責領軍的男人抽出佩劍垂直立舉，接著伸直右臂斜向外撇，向塞德里克行了個標準的軍刀禮。

與此同時，葛拉多後頭身披藏藍色披風的騎兵整齊劃一地伸手撫胸，「謹遵殿下差遣。」異口同聲的問候和冑甲碰撞的聲響幾乎響徹雲霄。

「男爵閣下一路辛苦了，大家先紮營稍做休整，明後天還要趕路。」望向在風中飄揚的雪鷹旗幟，塞德里克不自覺彎起嘴角，始終忐忑的心終於安定下來。

†

騎兵的優勢在於機動性高，天一亮北之國大軍隨即整裝出發，一路馬不停蹄，花費兩日時間抵達塞德里克與聯軍約定的位置。

那是處距離前線戰場不到兩小時路程的丘陵，塞德里克要騎兵在隱密的高處落腳，接著藉由夜色掩護與雷因返回昆汀所在的位置。一方面是報喜，另一方面也是避免敵方在計畫實行前起疑。

所幸一切都按照安排進行，昆汀指揮手下刻意顯露敗相狼狽地且戰且退，前些日子在聯軍手下吃癟的綠旗軍見狀，想也不想便急起直追。

位於中央的盟軍已完成引君入甕的計策，分布於克迦亞帝國兩側的兵馬自然也得發揮包抄的作用。眾人逐漸圍攏限縮綠旗軍的活動空間，最後由北之國百名騎兵組成的先鋒部隊更在此時乘勝追擊。效忠不同君主的多國聯軍此時只有一個共同目的，擊退綠旗軍。

塞德里克在雷因的幫助下，一直肩負掌握並傳遞消息的工作。正如此時巨龍掠過戰場上空，一眼便能瞧見哈爾頓帶領的綠旗軍已經察覺聯軍的動向不對勁陷入騷亂。

敵方陣型因驚慌有了缺口，聯軍隨即如同嗜血的鯊魚，嗅著腥氣便追咬上前，殺得綠旗軍猝不及防。聯軍由四面八方逼近，圍困時間越長，綠旗軍就越能感覺到受制於人所帶來的壓力，終於吹響了撤退的號角。

塞德里克特意吩咐過北之國前鋒部隊，如果碰上敵軍試圖突圍撤退，只要象徵性地阻攔即可。而綠旗軍在昆汀的追趕下，很快便如同計畫預期一路北上。

「等你們很久了。」見綠潮逐漸向北移動，塞德里克不由得喜上眉梢。他垂下眼簾欲在人群之中尋找昆汀的身影，不料男人竟在此時抬頭，兩道視線隔空相接，什麼也沒說卻勝過千言萬語。

「走吧。」收回目光，塞德里克拍了拍龍頸，示意雷因拉升高度，追上前方稍有耽擱而被拉開距離的綠旗軍。

龍翼快過馬蹄，他自然比敵方更快抵達設有埋伏的丘陵，居高臨下看著倉皇撤退的敵軍由黑點轉為越發清晰的人影。「還有五碼、三碼、兩碼……」塞德里克低聲嘟囔著，同時向地面部隊傳遞訊息。

「弓箭手預備——」最後塞德里克手一揚，就聽見葛拉多下令：「放箭！」

密密麻麻的箭矢如雨一般落下，猝不及防的綠旗軍自亂陣腳，本就混亂的戰場更加失序，而塞德里克等的就是這個時候。

「殺——」金髮王儲舉劍高呼，黑龍一騎當千俯衝而下，噴出的火焰為一擁而上的騎兵開出一條大道。

短兵相接，相對與聯軍纏鬥多日逐漸力竭的綠旗軍，身強力壯的北之國騎兵很快就占了上風。好戰似乎是北之國人民與生俱來的天性，聽聞振聾發聵的金屬撞擊聲，嗅聞刺激神經的血腥氣味，再也坐不住的塞德里克躍下龍背，俐落地翻上一匹無主的戰馬，加入在太陽下拋頭顱灑熱血的士兵，吆喝著馳騁沙場。

酣戰未歇，塞德里克還欲追擊，就被身後傳來的呼喚吸引注意，「殿下，斥候兵回報大軍右翼出現一支陌生的兵馬。」

「陌生的兵馬？」塞德里克困惑地皺眉，整個克迦亞地區滿布聯軍人馬，外來的軍隊根本不可能憑空出現。

「初估有三百人左右。」

「可是整個克迦亞地區兵力幾乎都在這了……」正呢喃著，塞德里克突然靈機一動，「難道他們旗官掌的是金色獅旗嗎？」

「正是。」

「老狐狸，看到勝利在即就想要來分一杯羹。」想通的塞德里克笑著罵道。

「需要驅趕他們嗎？」

「不了。」塞德里克自鼻腔溢出一聲悶哼，向葛拉多男爵擺了擺手，「傳令下去，那是來自蒙德拉王國的友軍，大家抓緊時間收網了。」

聯軍與騎兵裡外應合，不過三天，節節敗退的綠旗軍已經退至璐菲關口，為期半個月的戰爭總算看見尾聲。大勢已定，接獲喜訊的群眾開始載歌載舞，自主發起慶典，塞德里克策馬返回奈斯特王城，遠遠就在人群之中鎖定那抹同樣風塵僕僕的熟悉身影。

塞德里克匆匆翻身下馬，不由得加快腳步，「結束了。」站在昆汀面前，年輕的王儲語調上揚，就連自己都沒察覺話裡透出的邀功意味。

「對，多虧有唔嗯……」初嘗勝利果實，或許是滿腔的喜悅和亢奮作祟，塞德里克沒讓昆汀把話說完，一把拉低男人的頭，昂首就吻了上去。

從抵達奈斯特王國，塞德里克便忙於四處奔波，累積多時的情緒一次爆發出來。剛離開前線，男人身上的血氣與汗味混合在一起算不上好聞，甚至散發出尚未退去的強烈侵略氣息略顯壓迫，對於此時的塞德里克卻莫名有吸引力。

突如其來的擁吻畫面讓所有人幾乎同時停下動作，換來一瞬間的寂靜。不管效忠於哪個國家，士兵全是年輕氣盛的小伙子，最樂意湊這種熱鬧，驚天動地的鼓譟和哨音下一秒便驅散沉默，也嚇醒受本能驅使的塞德里克。

塞德里克一怔，害臊得下意識就要停止動作，但隨即為自己的反應感到惱怒。世人都知曉兩人的關係，即使當眾表現親暱略嫌無禮，可是親吻伴侶合情合理合法，誰敢有意見？

於是他賭氣似的展臂摟住昆汀，微微偏過腦袋，闔上眼吻得更加投入。好半晌過去，這一吻才在喧嘩聲中結束。塞德里克挑起眉梢，維持與男人相擁的動作，繃著臉轉過頭，凌厲的目光一掃，起鬨的群眾登時嚇得鴉雀無聲。

不在乎受到圍觀注目，並不代表樂意被打擾，見士兵們一個個噤若寒蟬，塞德里克這才滿意地扯動嘴角。

「那個，里奇……我……」

「我們贏了……」再次印上昆汀那對殘有水痕的唇瓣，字句碾磨在抵死糾纏的唇齒之間，曖昧的水聲令人臉紅心跳遐思翩翩。塞德里克從未如此主動，這回衝動行事，倒是意外從中感覺到了趣味。

兩人膠著的唇瓣好不容易稍微拉開距離，就聽見昆汀連忙搶白：「里奇，等等！」

「怎麼了？」

「我想起來還有些事情需要處理，我們進去說。」

†

在士兵調侃意味濃厚的目光中，兩人相偕返回寢宮。

「什麼事？」原以為佯稱商討要事不過是昆汀想結束尷尬局面的藉口，塞德里克故意如此提問。

本想揶揄對方態度不夠大方，豈料龍騎士竟語出驚人，「我能吻你嗎？」

「嘿，如果是為了道謝，用吻可不能打發我。」

「那加上身體，可以嗎？」

「你——」瞳孔微微放大，塞德里克很快就發現一步步靠近的昆汀並非開玩笑，那雙倒映出自己模樣的深邃藍眸此時正盈滿欲求。他抿了抿唇，呼吸變得急促，被男人毫不掩飾的赤裸目光逼得不斷後退，直到碰上後頭的單人座椅退路受阻。

熱燙的溫度終究還是落了下來，男人的親吻試探地拂過面頰和嘴角，突然間下唇傳來細微刺痛，塞德里克發出一聲悶哼，蠢蠢欲動的昆汀便趁虛而入。與塞德里克剛才的熱切相比，昆汀侵城掠地的動作更加莽撞急躁，像是要將塞德里克連皮帶骨拆吃入腹。

「塞德里克、里奇……」

塞德里克被推倒在寬敞舒適的座椅上受制於人，只能任男人一邊絮絮叨叨地呼喚，一邊埋在頸窩間廝磨。

「知道嗎，當時我已經接受了事實，接受了絕望，結果你就出現了，就像是場夢，美好得很不真實……」

兩人的關係雖然遠比初識時密切，但如此真誠交心卻是頭一回。塞德里克像是不小心窺見祕密的孩子，為自己的發現感到既心疼又得意，也感到侷促。他彎起手指，遲疑片刻才顫巍巍地伸手覆上昆汀的腦袋，「我就在這裡，不是夢。」

「即使是現在，聽著你的心跳，我都還會懷疑這一切是不是我的妄想。」

塞德里克當然不會沒有察覺，男人四處作亂的手如何褪下自己的胸甲和腹甲，如何探入衣內游移。鼻尖抵著鼻尖，男人生了厚繭的指腹在腰側流連，若有似無的酥麻以相觸的部位為中心向周身蔓延，陣陣戰慄爬上腰椎，撩撥得塞德里克心頭泛癢。

「能做嗎？」昆汀似乎是突然意識到應該徵詢同意，開口提問時熱息拂過耳廓，手掌仍貼著塞德里克的肌膚不安分地摩挲。面對求歡意味濃厚的觸碰和陌生的快感，塞德里克不自在地掙了掙，即使結婚已經好些時日，依舊對情事過程中的失控感到無所適從。

愛情對政治聯姻當道的王族而言何其奢侈，塞德里克可以為了誕下子嗣延續家族血脈做出任何犧牲，卻不敢輕易交付信任。昆汀的所作所為他全看在眼裡，過去曾逃避無數次，這次或許是由於命懸一線的戰事改變了想法，塞德里克不再拒絕。

「狡猾的傢伙！」彆扭地展臂摟住伴侶的頸項，嘟囔著吻上男人作為回應。或許這是第一次不為子嗣或責任緊密相擁，只為純粹享受陌生的歡愉。塞德里克的想法很簡單，既然能毫不猶豫為男人捨命出兵，為其賭一把又何妨，也許推心置腹的誠意是真的存在。

很快塞德里克就無暇多想，從親吻、嚙咬、吸吮，再到撫摸與舔舐，最後是貫穿和抽插，男人的唇舌、手指、陰莖所到之處無一不燃起簇簇火苗，輕而易舉誘出藏於深層的渴望。

如果有人在此時入內，就能清楚瞧見氣質冷然、看似高不可攀的王儲是如何仰靠在座椅上，不知羞恥地向昆汀敞開雙腿，汁水淋漓的穴縫含著猙獰粗大的凶器，迎合男人每一次操弄，驚叫著扭動腰胯，然後哭喊著達到高潮。

性愛帶來的快感無庸置疑，但使人喪失理智的副作用卻如影隨形，為此塞德里克或直接或暗示地拒絕昆汀的親近不知多少回。如今好不容易有機會纏綿，昆汀自然不會輕易罷休，久違的性愛彷彿燎原大火，燃盡冷靜也燒盡顧慮。

火熱的戰局從座椅轉移到床榻，塞德里克被高壯的龍騎士壓進柔軟的被褥親吻，緊接著重新勃起的肉刃又一次貫穿仍然敏感的甬道。

「啊，那裡……」帶來舒爽的敏感點被重重碾壓，塞德里克眼角噙著淚，忍不住嗚咽著求饒，「唔太深了……不行了……」

然而昆汀卻好似沒聽聞，埋頭吸吮他早已紅腫的乳尖，聳動腰胯的動作絲毫沒有減緩的意思，性器反而進得更急更深，碰撞出響亮的拍擊聲。塞德里克仰著頸項，胡亂搖晃著腦袋，喉頭乾澀卻又忍不住因為下身逐漸失序的抽插發出呻吟。

「唔，裡面……要流出來了……」感覺到男人先前射入體內的液體正不受控制地往外流淌，塞德里克本能收緊內壁試圖阻止，卻沒想到這番舉動對亢奮的昆汀來說無疑是火上加油。

「沒關係，我會再射進去，全部射進去。」

手掌被牢牢擒握住，這是塞德里克被徹底捲入欲望漩渦前聽見的最後一句話。接著只剩下多得可怕的快感，一波接一波像是沒有盡頭的浪潮，幾乎要將他溺斃其中。

昆汀彷彿不知饜足的野獸，轉眼三個多小時過去，塞德里克出了一身熱汗。此時高潮的餘韻未退，渾身懶洋洋的金髮王儲不樂意動彈，只能任由不知疲倦的男人在自己頸間吮出斑斑紅印。

「里奇……」清晰感覺到已經射過兩回的物事又一次脹大，正恬不知恥地貼著仍汩汩淌出精水的肉縫磨蹭，毫不掩飾想要再次進犯的意圖。

「安分一點，把你那不知羞恥的東西管好。」

「什麼？」

「還裝傻，就是──」塞德里克白了滿臉無辜的昆汀一眼，正打算繼續數落，門外便傳來不識相的叩門聲。

「殿下，昆汀殿下。」

被打擾了興致，昆汀不悅地抬起頭，喑啞的聲線難掩不耐煩，「什麼事？」

「克、克迦亞諸國的使節求見。」

「讓他們等著。」

「已經請他們等兩個小時了，所以——」

「行了，我馬上出去。」

聽聞昆汀不耐煩地咂嘴，塞德里克忍不住低笑出聲。曾經身分低微的庶子，歷經這凶險非常的一役，不僅贏得手下將士的愛戴和貴族的信服，也贏得鄰近諸國的敬重地位陡升。一時間事事都要昆汀決定，也難怪習慣自由自在的男人如此反應。揉了揉又重新埋入懷中的腦袋，塞德里克打趣道：「不是馬上嗎？」

「嗯，馬上就去……」

感覺環摟在腰間的力道增加，抵在下腹的硬物又不安分地大了一圈，塞德里克心頭一跳，連忙擋住男人試圖落下的唇，「好了，別撒嬌。」

若非有侍從冒死求見，可以想見精力旺盛的龍騎士必定還會糾纏著再次討要。

†

好不容易將耍賴的昆汀趕出房間處理正事，塞德里克讓始終守在門外的騎兵備水沐浴，簡單梳理後，確定外表看起來毫無異狀才步出臥房。只是即便早已預做心理建設，面對或好奇或促狹的目光，他就算臉皮再厚也有些吃不消。

畢竟自己與昆汀在諸多士兵面前旁若無人地熱吻，接著一起消失長達將近四小時，任誰都知道兩人在屋裡做了些什麼。雖說伴侶之間恩愛一點沒什麼，只是白日宣淫的罪名恐怕是怎麼也洗脫不了。

才思考著至少沒人直接在跟前嚼舌根，塞德里克就聽見不遠處傳來竊竊私語。循聲望去，映入眼簾的是群來自附近村莊的孩童，有男有女，穿著沾有塵土的衣裳，年紀看上去五至十二歲不等。

塞德里克抬手制止身後意圖上前驅趕的騎兵，沒有出聲，只是停下腳步直勾勾盯著聲源微笑，終於察覺視線的孩子尖叫著一哄而散。惡作劇得逞，他樂得自鼻腔發出一聲悶哼，然而沒想到才剛邁出兩步就聽見喝斥響起，「臭小鬼，你想幹什麼？」

「放開我！你放開我！」爭執聲近在咫尺，果然塞德里克一回頭就見人高馬大的騎兵手上抓著不斷扭動掙扎的孩子，正是剛才被嚇跑的其中一個。

「怎麼了？」

「這小子突然竄出來，險些衝撞殿下。」

「沒事，放他下來。」塞德里克挑了挑眉，垂眸望向不足自己膝蓋高的男孩，「有事嗎？」

「那、那個……」年幼的男孩左手緊張抓著過長的衣襬，遲疑地朝塞德里克伸出右手，「媽媽說是你幫我們把那些壞人趕走……這個給你。」

「你叫什麼名字？」

「柯爾。」

接過由樹枝製作的簡易彈弓，塞德里克摸了摸男孩的頭，「柯爾，謝謝你的禮物。」

「我有看過那隻龍，好大好大還會噴火，你是龍騎士嗎？」

「不，我不是，我是龍騎士的伙伴。」

「可是不是只有龍騎士才可以騎龍嗎？那我和龍騎士成為伙伴，也可以騎龍嗎？」

塞德里克被毫無心機的童言童語問得一愣，尷尬地搖了搖頭，「大概是因為我和龍騎士的關係比伙伴還要更親近一些吧。」

「所以你們才會親親嗎？我聽說親親和愛愛是和很重要的人才可以做，所以你們也會——」

「咳、咳咳……」沒讓柯爾繼續說下去，塞德里克害臊得連耳根都隱隱發燙，連忙扯開話題，「那個，柯爾，你住在附近嗎？」

所謂童言無忌，不管人們私底下如何議論塞德里克和昆汀的關係，也只有天真爛漫的幼童有這種膽量在當事人面前直言不諱。

「不是，我本來住的地方看不見城堡。」

根據柯爾的形容，看不見城堡意味著並非本地人。

「那你怎麼會在這裡？」

「房子壞掉了，所以媽媽幫大家煮飯。」孩子啃著手指說得雲淡風輕，塞德里克心頭卻無比沉重。這是克迦亞帝國的普遍現況，雖然成功驅離始作俑者，但土地和屋舍飽受戰火蹂躪，無辜人民因而流離失所。

「你會害怕嗎？」

「唔，有一點……」

「你很棒都沒有哭，一定幫了媽媽很多的忙。」彎身揉亂男孩的頭髮，塞德里克打發孩子離開，「我還有事情要處理，你去找朋友玩吧。」

目送嬌小的身影蹦蹦跳跳遠去，塞德里克掂了掂手中的彈弓，一個新想法浮上腦海，向身旁的騎兵道：「走吧，去看看大伙。」

初次領軍塞德里克難免緊張，在安置北之國傷兵的區域巡視一圈，又與葛拉多確定士兵和戰馬均獲得妥善安頓，心頭的掛記總算放了下來。

「今晚有營火慶典，把隨軍的酒肉都拿出來，大家好好地放鬆。」

此話換來此起彼落的歡呼，年輕騎兵彷彿被注入一股活水般，個個神采飛揚。

「從明天開始到返國這段期間，要麻煩各位協助附近居民恢復家——」話都還沒說完，就見士兵們三三兩兩聚在一塊說話，塞德里克疑惑地挑起眉毛，「什麼事這麼興奮？」

「這傢伙想藉機偷看漂亮女生！」

「喂，我才沒有，你別胡說！」

「明明是你吧！昨天一直盯著某個漂亮姑娘看！」

幾人吵吵嚷嚷嬉笑，你一言我一語地互相調侃，最後是葛拉多率先出聲喝止。

「沒事。」在戰場上塞德里克說一不二治下嚴明，但出了戰場他並不介意輕鬆一些，對士兵的禮節要求也沒那麼講究，更何況年輕氣盛的小伙子春心萌動也不奇怪。

只是開明歸開明，該注意的還是得注意。「如果是正經追求我樂見其成，但如果發生違背騎士誓言的事，一律按軍法處置。」塞德里克沉聲叮囑完，又低聲與葛拉多交代一些瑣事，便自覺地不再多待，將空間留給難免因為上級存在而感到拘束的士兵。

並未循著原路折返，塞德里克選擇由另一個方向繞回建築物前方，在行經馬廄時，目光不自覺被蹲踞在地的人群吸引。「這些是……」

「這些都是綠旗軍戰俘，正要向昆汀殿下請示該如何處理。」上前回覆的是名奈斯特王國的士兵，從衣著來看似乎是稍有頭銜的軍官。

塞德里克點了點頭，雖說昆汀會給出的答案和語氣幾乎立刻就浮上腦海，但涉及他國政務，即便再熟稔也不應隨意干涉。「你們清點過哈爾頓手上的戰俘了嗎？」

嚴格說起來塞德里克不應該關切這個問題，只見男人躊躇片刻才出聲，「……有，但數量只能概估，無法十分精準。」

「讓昆汀心裡有底就好。」塞德里克當然察覺異狀，曾幾何時兩人成為多關心一句，就會影響兩國外交的關係。雖然清楚這種變化源於彼此對於國家的重要性提升，仍不免有些感嘆。

轉頭正欲離開，塞德里克眼角餘光便意外瞥見一抹似曾相識的人影，那是名身形相對圓潤的戰俘。他腳下一頓，眨了眨眼定神再瞧，越看越覺得對方的五官與理應遠在北之國的男人十分雷同。

「等等，那個人我要帶走。」

「什麼？」

塞德里克沒有理會錯愕的軍官，逕自領著身後兩名騎兵走進戰俘群中。原先的懷疑在瞧見男人因自己走近而匆忙低下腦袋的動作獲得肯定，若是細看，不難發現男人不止體格明顯有別於綠旗軍，穿著及髮型也能瞧出端倪。

「你認識我。」

對方明顯顫了一下，依舊低著頭，試圖蜷縮起身體。

「抬起頭來。」

半晌始終不見男人動作，不等塞德里克發話，一名騎兵便機警地上前強迫男人完成指令。果不其然映入眼簾的是張經常出入各大舞會和晚宴的面孔，男人是名北之國的貴族。

「許久不見，他鄉遇故知我們可真是有緣。」

「殿下……」

「手下不懂事讓朗恩閣下受罪了，敢問閣下怎麼會在此出現？」話雖如此，塞德里克卻沒有打算改變朗恩的處境，背著手佇立在一旁。

「我、怕冷，所以來南方避寒……」

「原來如此，素聞閣下喜歡四處探訪美景，看來不止是物產豐饒的克迦亞地區，也對罕無人煙的北方森林很有興趣啊！」

「不、不……我是……」

「有什麼話我們回頭再說吧，回北之國後好好地說。」

說到這裡，感到緊張的除了朗恩，便是負責管理戰俘的軍官，「殿下您的要求，我們無法做主。」

「我會自己跟他要人。」

「跟誰要人？」

塞德里克回首望向身後，沒有多做解釋，「這個人給我，可以吧？」

沒想到昆汀沒有立刻回覆，而是走近看了許久，才又傾身靠得更近，以只有彼此能聽見的聲量說道：「當然可以，我整個人都是殿下的，有什麼不可以？」

溼熱氣息撲在頰邊，帶來若有似無的搔癢感，幽暗的藍眸深處似乎藏著點點星火，讓落在身上的視線灼熱得燙人。察覺體內才剛冷卻不久的情潮再次蠢蠢欲動，塞德里克不自在地嚥了口唾沫，連忙與男人拉開距離，「那就多謝昆汀殿下了。」

得到准許，塞德里克也不客氣，抬手示意身後的騎兵將朗恩壓回北之國騎兵紮營處，「把人帶下去，好好看著。」

「談完了？」沒有閒雜人等，兩人並肩而行，塞德里克的語氣也放鬆不少。

「沒什麼大事，只是要恢復璐菲關口的運作，依循慣例由五國協力駐守。」

「這位昆汀殿下倒是滿習慣了啊。」故意用手肘輕撞男人，塞德里克調侃道。

「我這是被逼著跳舞的驢子，不得不為。」

生動的描述讓塞德里克不禁笑出聲，「這話倒是說錯了，就算不是驢子，某人的舞也實在跳得不怎麼樣。」

閒談間，塞德里克在眼角餘光瞧見忙進忙出準備夜間營火和食物的男男女女時，才終於想起正事，「對了，我的人能多留幾天嗎？」

依照原定計畫，北之國的騎兵休整三天便會啟程返國，而不久前那段小插曲讓塞德里克改變了主意。

「怎麼了？」

「你現在正需要人力，雖然他們只能多留幾天，但至少是一分力。」不論是收拾被破壞的農田，或是重建倒塌的房舍，年輕力壯的士兵都能幫得上忙。若是可以，塞德里克並不介意在奈斯特王國多停留幾天，只是雖為友軍，但數百兵馬長期滯留難免引人忌憚，否則他也不會特地徵詢昆汀同意。

「謝謝。」

聞言塞德里克發出一聲悶哼算是回應，暗自揚起嘴角。

「里奇謝謝，我說真的，你的到來為奈斯特王國帶來希望與安定。你做得太多，即使我獻上全副身心仍不足以回報。」

塞德里克侷促地收回手被男人拉至唇邊親吻的手，彆扭地扯開話題，「要報恩不急於一時，先把你的精力拿去應付那些貴族和使節吧，還有得忙呢。」

†

正如塞德里克所言，即便送走了綠旗軍和北之國騎兵，昆汀仍然日日忙得腳不沾地，就算有意與塞德里克親近也騰不出時間。加上逃亡的王太后亨利埃塔帶著一雙兒女返國，要求臣民遵從法蘭基二世的遺命讓年幼的愛德華繼位，此舉無疑掀起軒然大波。

王室在國家遇險時逃出避難雖屢見不鮮，只是相對昆汀征戰沙場的英勇無私，亨利埃塔的自保顯得利己且卑鄙，其祖國蒙德拉王國不願加入盟軍盡一分心力的行為更是令人詬病。

另一方面愛德華的王位同樣備受爭議，其中反彈聲音最大的莫過於第一王子亞力克來自凱利王國的妻子索菲亞公主。王位繼承順序向來以長子為首，因此索菲亞主張亞力克雖戰死沙場，但其子十一歲的阿爾蘭才是真正合法繼承人。

派系本就是利益導向，原先支持亞力克或丹尼爾的貴族因為兩人相繼逝世紛紛游離，一部分繼續效忠亞力克的遺孀，一部分向亨利埃塔靠攏，另一部分則基於各自的考量選擇擁護勢力單薄的昆汀。

王位只有一個，但派系至少分成三派，三方僵持不下各有說法。支持昆汀一派直言年幼君王難擔大任，另外兩派則主張多國曾有幼主登基前例，只需攝政者在其成年以前代為處理國政即可。只是究竟該由誰接下王冠？又該由誰擔任攝政者？

不論是由愛德華還是阿爾蘭繼任，奈斯特王國勢必會受其母親國家拘束，正因如此，沒有背景沒有勢力的庶子反倒成為避免大權旁落的首選。

這些錯綜複雜的盤算昆汀並非不懂，但向來厭煩權力之爭的男人對此全無野心，比起誰當國王，昆汀更在意居民匆忙修築的房舍能否遮風避雨，受損的田地是否影響明年春季播種，百姓過往的積蓄能否撐過家畜家禽走失或死亡的損失。

各派系鬥得熱火朝天，縱使昆汀無心爭權，但身處衝突中心無可避免受到波及。今天是亨利埃塔一派宣稱綠旗軍來襲是昆汀與外國勢力勾結，計畫謀奪王位，明天是索菲亞一派暗示昆汀受北之國指使，意圖侵吞奈斯特王國，各種想得到和想不到的謠言不斷出現。

昆汀既不辯駁也不解釋，依然故我全心投入戰後重建工作，與世無爭的態度不僅令有心人士難以見縫插針，甚至因禍得福意外贏得更多敬重。亨利埃塔與索菲亞儘管對昆汀有所顧忌，但相對男人的低調，雙方毫不避諱的大動作讓兩派卯足了勁針對彼此，大有至死方休的氣勢。

歷經一個多月的鬥爭，勝者總算揭曉，亨利埃塔如願以償將愛德華推上王座，只是她絕對沒想到索菲亞會以另一種方式復仇。在超過半數貴族的支持下，無端得利的昆汀莫名其妙成了攝政王，在年幼的胞弟能夠親自主政前，即是奈斯特王國實際的統治者。

一夕之間身分驟變，昆汀原先才剛適應人們由視而不見轉為客氣的態度，現下則是越來越多人爭先恐後地往跟前湊，其中有不少曾出力拱昆汀上位的貴族，明示暗示邀功要求提攜。

比起衣香鬢影、觥籌交錯的宴會，昆汀更樂意參加歡聲雷動、風捲殘雲的營火晚會。過去身為庶子，誰也不在意他會不會出席宴會自討沒趣，然而這一日是為慶祝新任君王登基的場合，他頂著攝政王名號，就算再不樂意也得露臉。

盛大的宴會上，昆汀端著高腳酒杯站在愛德華身旁，在亨利埃塔和幾名貴族簇擁下，即使板起一張疏離冷漠的面孔，仍舊有十多人不依不饒試圖攀談，還有至少六名仕女前來邀舞。

好不容易找到空檔開溜，昆汀隱身在無人的看臺，煩心地揉了揉眉間，試圖在人群之中尋找剛才曾經瞧見但一閃而逝的頎長身影。分明是熱鬧非凡的場合，自己甚至是萬眾矚目的存在，他卻沒來由地感到寂寞。

思考著是否該提早回寢宮休息，或許還能碰得到塞德里克，就聽見一道溫柔的女聲響起，

「殿下。」

昆汀看都沒看對方一眼只是草草點頭，目光仍執拗地掃視宴會中的每張面孔，有人言笑晏晏，也有人誠惶誠恐，就是沒有瞧見即使孤身一人也能悠然自得的塞德里克。

「看這歌舞昇平的場景，誰能想到綠旗軍在不久前曾與王城如此靠近，是您英勇領軍衝鋒，促成各國結盟力挽狂瀾，拯救了奈斯特王國和整個克迦亞地區。」

「妳說的有一半是里奇的功勞。」話題提及塞德里克，昆汀這才分神看了身段娉婷的女人一眼。

「真可惜無緣親眼看見殿下騎在戰馬上馳騁破敵的英姿，想必十分讓人熱血沸騰。」突然感覺柔香軟玉靠近，昆汀嚇了一跳，連忙抽身閃避，「請妳自重。」

「我是弗格侯爵家的薇薇安，經常聽家父提起殿下的事蹟，暗自傾慕您已久。今天宴會終於有幸拜見，果真比想像更加氣宇軒昂。」

「不管妳是誰，我已經結婚了。」

「薇薇安自知身分低微，沒有資格長久陪伴殿下，不求名分只奢望為殿下服務。」女人說得露骨，不論是摟著昆汀胳膊往胸口蹭的動作，還是如絲媚眼全都昭然若揭透出撩人的曖昧訊息，昆汀豈有不明瞭的道理。

沒等昆汀搭腔，薇薇安便旁若無人拉低領口，眼見女人胸前大片肌膚乍現，昆汀連忙別開目光，「住手！我不需要妳的服——」

「月圓之日，乳白色月華傾瀉而下，人人只道夜色優美，沒曾想還有這等美景。」

「里奇！」熟悉的嗓音入耳，昆汀喜出望外發出一聲驚呼，下一秒才意識到此時此刻的畫面似乎相當引人遐思，「等等，你別誤會！」

「殿下我——」

昆汀怒瞪衣衫半褪的薇薇安一眼，氣得咬牙切齒，「還不離開！」

「看來新任攝政王豔福不淺啊。」

「是我不好，不該讓她近身，是我疏忽了……」連忙扣住塞德里克手腕，昆汀垂下雙肩，眉眼低垂。

「不可惜嗎？」

「沒什麼可惜，我們之間容不下任何第三者，現在不會以後也不會，我已經擁有全世界。」

兩人花費三年多的時間學習相處，從消弭對立、成為朋友、相互扶持，到得以託付信賴。然而關係越是穩定，昆汀就感到越是不滿足，既想將一切美好捧到塞德里克眼前表明心跡，也想從男人口中得到同樣答案。

就算再遲鈍也知曉告白講求氣氛，然而事出突然，昆汀也顧不上時機對不對，攬住塞德里克便一股腦傾訴心裡話。怎料塞德里克雖未掙扎，卻始終直挺挺地杵著不做回應，昆汀不由得握起手掌，語氣難掩緊張，「你不相信我嗎？」

「你怎麼肯定我不打算另覓情人？」

「我不允許！」收緊環摟在男人腰間的手臂，昆汀想也不想便脫口而出。

「膽量見長啊，敢這樣和我說話。」

「就算之後有了孩子，我也不會離開。」昆汀清楚兩人的婚姻不過是個不得不為的過程，只要目的達成自己隨時可能被塞德里克捨棄。

「你怎麼知道？」

對上男人透出震驚的綠眸，昆汀更加委屈，「我當然知道，但我不會同意！」

過去昆汀儘管惱怒塞德里克如此輕視婚姻，尚且還能看在未來可以重獲自由的分上勉強接受安排，如今一顆心牢牢繫在金髮王儲身上，光是想像男人可能與他人互動親暱就足以令他勃然大怒，怎麼可能同意結束婚姻。

昆汀越說越激動，說什麼也不願放手，「我們可是曾經在人前立誓，你不能隨便把我甩開……」

威脅也好賴皮也罷，昆汀咕噥著將塞德里克困在懷中，除了笨拙的挽留，一時間也不知該作何反應。他曾經天真地以為愛只是包容與關懷，直到發現愛的另一個面向，是忐忑、是嫉妒、是獨占，是如火一般椎心刺骨的深刻。

昆汀嘴上說得強硬，決定權實則全握在塞德里克手中，沉默延續多久他就焦急多久，然而除了等待什麼也做不了。直到此時才後知後覺想到塞德里克可能選擇接受以外的另一個答案，如果被拒絕，兩人的關係能否緊密如昔？或是就此決裂？這個可能性令他陷入惶恐垂下眼簾，不禁為自己的魯莽衝動感到懊悔。

「……鬆開一點，是打算把你的全世界勒死嗎？」不知過了多久，塞德里克總算出聲。

男人彆扭的嗓音猶如陽光，輕而易舉驅散厚重的負面思緒，昆汀眼睛一亮，不由得笑逐顏開，「這麼說——」

「我只是覺得你表現得還……勉強吧，這次費這麼大功夫救人，在討回本以前可不能輕易放過你。」

「怎麼辦我財力有限，可能需要償還一輩子。」控制不住頻頻上揚的嘴角，昆汀情不自禁吻上男人漫開緋紅的眼梢，有了討價還價的心情。

「那我也只能吃虧一些了。」

「里奇，謝謝你，我愛你。」下一秒昆汀猛地一愣，震驚於自己的態度竟如此理所當然。他傻愣愣地瞪圓了眼，默契地與同樣詫異的男人對上視線，接著又彷彿觸電似的雙雙錯開目光。

或許是為了打破瀰漫在空氣中的曖昧氛圍，只聽塞德里克故意低咳兩聲，「咳，這裡的事情已經逐漸塵埃落定，我差不多該回北之國了。」

「我們還沒簽約。」昆汀下意識抱緊懷中的熱源，好似這樣就能阻止別離。

「簽什麼約？」

「你和各國都簽訂了通商買賣和免稅條款，奈斯特王國也要簽。」

「那是當初為了降低各國疑慮才提出的要求，我原先沒有打算趁人之危。」

「我堅持。雪中送炭彌足珍貴，這是北之國應得，也是你應得的。」

「好吧，隨你。攝政王上任第一件事就不知避嫌向北之國稱臣，你等著看那些貴族會怎麼鬧。」

塞德里克所言昆汀自然清楚，然而男人嘴角綻開的笑容何其奪目，調侃意味濃厚卻依舊美得不可方物，昆汀根本挪不開眼。直勾勾盯著看了好半晌，他才想起搭腔，「沒關係，如果丟了這個沒用的身分，我就和你一起回去。」

「要不要收留你，我還得考慮呢。」

「從白天到夜晚，我能為殿下提供全方位服務。」說著昆汀故意將手掌貼在男人後背來回游移。

「別光顧著說笑，攝政王可不好當。戰後的奈斯特王國百廢待興，你既要輔佐愛德華，也要在強敵環伺下保住王位和自己，可有得忙了。」

昆汀將鼻尖埋入塞德里克頸間，嘟囔著抱怨：「我才不樂意，誰想要就給他當。」

並非不願意承擔責任，只是不過數日，他便已受夠榮耀被迫加身帶來的種種負面影響。更何況才剛鼓起勇氣互訴情衷，初嘗情愛喜悅的昆汀現在巴不得整天守在男人身旁，一刻也不分離。

「都幾歲了還說氣話。」

昆汀沒做聲，只是默默將腦袋靠向男人溫柔輕撫的手。

「從這裡到北之國只要半天，你和雷因隨時可以回來。」

「隨時可以？」

「反正城牆也攔不住你。」

聽聞男人悶哼，昆汀不由得低笑出聲，「那殿下寢宮的窗戶呢，也會隨時為我敞開嗎？」

「好好的門不走，爬窗戶幹什麼？」

「我知道殿下臉皮薄，不想讓人知道什麼時候傳喚我侍寢。」

「我會交代侍衛把你擋在外頭。」塞德里克雖發出不置可否的嗤笑，翡翠色眸瞳中卻盡是笑意。

「北之國夜晚這麼冷，把我鎖在外頭受凍，里奇心好狠。」

「你皮粗肉厚，吹風而已根本不痛不癢——」

晚宴仍在進行，樂曲聲、交談聲不絕於耳，卻絲毫影響不了隱在看臺角落耳鬢廝磨的一雙身影，男人對望的眼中只有彼此再無其他。

Quentin Nestor × Cedric Diallos

NORTHERN EMPIRE

第17章

Northern Empire
Crown Prince & Dragon Knight

歷經長途跋涉，由南方返國的塞德里克總算在三名騎兵護送下，回到最為熟悉的坎培紐城。還未入城就見一抹穿著純白法師袍的身影迎上前來，根據對拜倫的了解，他的出現必然不是巧合。

「我竟然有這等面子能夠勞駕首席魔法師外出迎接。」塞德里克望向男人那副依舊沒有多少情緒的表情，忍不住出聲揶揄。

「受託於人，不得不為。」

「要不是某人整天關在塔樓裡，不是鑽研術法就是熬煮藥草，父王也不會看不下去。」

「比起浪費時間，我更樂意精進自己。」

塞德里克沒有繼續和拜倫爭論究竟該如何運用時間，而是湊近男人壓低音量，「那傢伙怎麼樣了？」

安東尼欺壓封地百姓罪證確鑿，與對外宣稱絞刑伏法及傷重而亡的尼古拉公爵夫婦的不同，仍是通緝要犯。作為交易的一部分，塞德里克將之安置在拜倫的塔樓已經一段時間，從揮兵奈斯特王國迄今數個月過去他一直分身乏術，此刻空閒下來才憶及此事。

「不吵不鬧，還在容忍範圍。」

「那就好，這種話對你來說已經算是讚美了。」聳了聳肩，塞德里克沒有放過取笑好友的機會。

「這趟路那麼遠，怎麼不乾脆讓那頭龍送你回來？之前不是牠載你南下？」

「或許是危機解除了，牠的龍騎士沒有生命危險，所以那現實的傢伙死活不肯載我。」想起昆汀與雷因兩相對峙的畫面，塞德里克不禁笑出聲，「龍族個性高傲，昆汀也說不動牠，一人一龍冷戰了兩天，最後雷因才願意讓步。」

「讓步？」

「他們倆送我到北之國邊境，再麻煩華夫公爵派人與我同行。」

「真是讓得挺大步的。」

聽出男人語氣中的調侃，塞德里克無奈地搖了搖頭，「這也沒辦法，昆汀是有心卻力有未逮，畢竟愛德華的政權還不太穩定，不適合離開太久。」

閒談之間一行人已然緩緩入城，只是塞德里克怎麼也沒料到映入眼簾的會是如此景象。王城向來熱鬧，但也不至於如此比肩接踵，還未走近就見寬敞的街道被男女老少擠得水泄不通，還得出動侍衛及騎士團維護秩序，才能勉強空出中間的走道。

「今天有什麼慶典嗎？」

「英雄凱旋歸來，人們當然夾道歡迎。」

塞德里克眨了眨眼才剛意會，便聽興奮的歡呼與尖叫傳來，越是靠近就越是大聲，幾乎響徹雲霄。接著是紛紛拋向他的花朵，各色繽紛鮮花猶如雪片般灑落，為跨騎在駿馬上的塞德里克鋪就一地芬芳。

「怎麼那麼有默契，所有人都選了花？」塞德里克困惑地嘟噥，不忘維持微笑向群眾揮手

致意。

「你聽。」

看了故弄玄虛的拜倫一眼，塞德里克依言將注意力放在聽覺上，一開始只覺得輕快旋律似曾相識，下一秒終於理解歌詞不禁低笑出聲。

他全副武裝，他深謀遠慮，他善戰驍勇。

利劍揮斬戰爭荊棘，驅趕綠旗士兵。

噢，我的英雄！

橫跨鮮血與白骨交織的大地，返回鮮花之境。

噢，我的英雄！

他是北之國的王子塞德里克！

歌詞內容描繪的正是此次塞德里克領兵南征的過程，簡單的用字並不複雜，重複的段落不少，就算孩童也能朗朗上口。

一路上越是靠近王城，這首歌謠出現的次數就越是頻繁。塞德里克原先只想不知是哪家貴族小姐的風流豔史受到諸多吟遊詩人青睞流傳之廣，沒曾想主角竟是自己。

他身為王儲，以其為主角的歌謠自然不少，內容好壞參半，但近期幾乎以正向居多。像是揭發安東尼魚肉百姓的惡行，還有搗毀古梟會據點時，完美地為塞德里克塑造足智多謀的形象。

雖未曾向尤萊亞確認，但塞德里克清楚這些都是出自何人手筆。比起敲鑼打鼓刻意宣揚功蹟，透過這種不經意的潛移默化，群眾接受度更高也更能深植人心。只是這回似乎有些許不同，金髮王儲不著痕跡沉吟片刻，突然靈機一動，「這次的歌詞是你寫的？」

操弄輿論再怎麼說也是應當低調的事，除了尤萊亞親力而為便只有拜倫合適。

「你怎麼知道？」

「你畢竟不是道地北方人，語法和父王的習慣不太一樣。」

「我就當作收到你的道謝了。」

聽聞男人不置可否的悶哼，塞德里克不由得彎起嘴角，張口正欲多說，便見拜倫一彈手指，人群之中頓時掀起一片譁然，一個個無不瞪大雙眼。

「哇，好漂亮……」

「媽媽妳看，殿下的背後有翅膀！」

只聽驚呼此起彼落，甚至有人激動地比手畫腳，「是天使！我看到了，是天使！」

塞德里克聞言一愣，循著女童手指的方向下意識回頭，卻什麼也沒瞧見。他隨即意會過來，目光轉向身旁的魔法師，「你做了什麼？」

「一個變化過的光系魔法，我調動空氣中的光元素，在你身後排列成展翅的模樣，只有短短幾秒鐘，現在沒有了。」

「難怪父王要你跑這一趟，這場表演確實非你不可。」

還記得當時塞德里克表態欲揮兵南下受到重重阻礙，尤萊亞私自調動邊疆騎兵協助可說是師出無名，民間也傳出疑慮的聲音，如今戰役大捷正是舉國歡騰時，為了減少舊帳被翻出時帶來的衝擊，尤萊亞像是費盡心思的巧手裁縫，親手為兒子的披風綴上顆顆璀璨寶石。

†

北之國本就尚武，加上有技巧的傳播手段，不難看出塞德里克的聲望經過外出歷練這些年已大有提升。此役贏得漂亮，王子對外早已不是無知矜貴、空有外表的形象。曾親赴前線打過勝仗的王儲令人民信服且驕傲，連帶對於王室的推崇也達到巔峰。

翌日在議事廳內議政時，尤萊亞特意賜予塞德里克一柄雕飾精緻的馬刀，大大肯定並表揚他的表現。然而並非人人都樂見王儲成功，在有心人士眼中，塞德里克近期有多風光，便有多令人惱怒。

因此塞德里克才接過封賞退至一旁，隨即有數名貴族迫不急待上前呈報：「陛下，我等已經著手籌辦來年的春耕祭和風鈴宴，考量到今年度因為南征，開銷比以往增加不少，是否需要縮編辦理？望陛下決斷。」

故意在這種場合提及此事，明顯是打算給威望如日中天的王儲下馬威。幾人並未直言，不過意思再清楚不過，便是暗示以國家立場來看，本次遠征雖然提升北之國對外的震懾但花錢又耗力，利益不增反減。

既然有人勇於起頭，蟄伏多時的反對派自然不會放過這個大好機會，你一句我一句連連附和，一時間議事廳內吵吵嚷嚷全是聲音。

「諸位所言不無道理，塞德里克你怎麼想？」

成為箭靶的塞德里克也不急著平反，直到被尤萊亞點名才緩緩朗聲說道：「我認為應該反其道而行，擴大舉辦。」

「擴大！」

「殿下別說笑了，財源有限怎麼可能還擴大舉辦？」

「各位何不先聽聽塞德里克的想法？」

眼見事態如同預期發展，塞德里克隔空與尤萊亞對視一眼，不自覺彎起嘴角，「父王請過目。這四份契約是我以出兵協助為籌碼，代表我國與奧巴薩爾王國、漢里斯王國、奈斯特王國、凱利王國等四國簽訂，契約中明定雙方需開放通商買賣十年。」

「通商買賣只是開通貿易，對我國財政並無實質幫助。」

「各國同意減徵對我國商團七成的稅收，為期五年。」

與諸國簽約源於塞德里克突發奇想，並未對外透露風聲，即便是尤萊亞也是直到昨日才知曉。嚴格說起來減稅不是什麼傷及根本的巨大利益，否則各國也不會輕易讓步，也就是這些許的收穫，意外成為駁斥反對者的最佳武器。

「通商買賣意味著屆時會有來自各國的商團一同參與活動，自然要藉機宣揚本國特色對吧？」滿意地瞧見幾人臉上的沾沾自喜被青紅交加的挫敗取代，塞德里克不著痕跡挑起眉梢，故意反問道。

毫不意外無人主動搭腔，前不久還鬧哄哄的議事廳此時安靜得只剩下呼吸聲，剛才大肆發表意見的貴族一個個低垂著腦袋，任誰都不會在這種時候急著上前被羞辱。

塞德里克也不在意，自顧自說下去：「至於諸位擔心的財源問題，我建議向受惠於契約的商團募款。」一席話說得圓融漂亮，輕易反轉了原先的被動地位。

「聽起來可行性很高，諸位覺得如何？」在沉默第二次發酵時，王座上的君主發話了。

提不出合理的反駁，精心準備的劇本沒有達到打壓塞德里克的目的，反而成了送上門的墊腳石，別有意圖的貴族們再不樂意也只能打落牙齒和血吞，「我等認為殿下的提議甚好。」

「貝倫特，你認為呢？」

始終沒出聲的貝倫特侯爵似乎沒料到會被突然點名，愣神片刻才答話：「殿下考量周全縝密，只是向商團募款的重責大任該託付給誰？」

「依我所見，你正是最好的人選。」

「我？」只見貝倫特一頓，因為尤萊亞的話而措手不及。

「貝倫特家族向來在商場上叱吒風雲，由你出面募款再適合不過，還是說有什麼擔憂的地方嗎？」

尤萊亞說得越是雲淡風輕，貝倫特就越是難以拒絕，眾目睽睽之下，也沒有討價還價的餘地，只能硬著頭皮接下這個燙手山芋，「勞煩陛下看重，我必定殫精竭慮完成任務。」

†

此次南征塞德里克可謂名利雙收大獲全勝，只是鋒頭正盛的王儲怎麼也沒料到好景不常，平靜的日子沒過多久，有心人士便將主意打到昆汀身上。

塞德里克與昆汀結婚多年始終無後是事實，最初兩人的關係明顯不睦，後續雖緩和不少但經不住塞德里克的抗拒，直到兩情相悅卻聚少離多。相處時間有限，肚皮自然也無聲無息。

也不知是從何處開始，如今舉國上下都出現撤換王夫的聲浪。而這把火同樣燒進了議事廳，這回帶頭彈劾昆汀的不是別人，正是向來被視為保王派的貝倫特侯爵。

「近日城中風聲四起，陛下想必有所耳聞。我等認為昆汀親王德不配位，並不適任王夫一職，望陛下定奪。」只見貝倫特身後領著一眾貴族，顯然有備而來。

「關於這項指控有什麼證據？」

「王夫的職責是伴殿下左右，身體力行為其分憂解勞，歷任親王即使身為他國王室成員也在婚前放棄了繼承權。」

「據我所知昆汀並非登基為王。」

「奈斯特王國現任君主如此年幼，攝政者形同是真正掌權者。」貝倫特說得振振有詞，彷彿由衷為塞德里克考慮，「身為攝政王，昆汀親王連長期留在北之國都做不到，如何能妥善照顧殿下？更遑論善盡為王室綿延子嗣的職責！」

塞德里克是受人愛戴的王儲，昆汀則是不符期待的王夫，錯誤自然全落在後者頭上。

「昆汀親王多個月前開始假借照顧病重的法蘭基二世為由，頻繁返回奈斯特王國，顯然早有預謀。」

「甚至利用殿下仁厚和我國兵馬助其爭權奪位！」

幾人一搭一唱配合得相當有默契，悉數條條罪狀，將昆汀塑造成弒父奪權、十惡不赦的冷血動物。塞德里克聽得怒火中燒，臉上看似不起波瀾，拳頭卻在無人察覺的角度越握越緊。

「昆汀親王的個人行為已經嚴重損及殿下甚至陛下的聲譽，依我等拙見，應該盡早與其切割，避免影響我國威望。」

「諸位所言確實有幾分可信，但要想罷黜親王，單憑片面之詞是遠遠不夠的。」尤萊亞不愧與貴族交手長達二十多年，只聽男人先是認同，接著話鋒一轉提出建議，看似說了些什麼實則並未表達立場。

「陛下仁厚，但──」

「別再說了，既然你們言之鑿鑿，想必已掌握關鍵證據，把東西呈報上來，我自會秉公處理。相反地，若是讓我知曉有人惡意扭曲事實亦不會輕饒。」沒讓貝倫特把話說完，尤萊亞面色一凜，隨即不耐煩地擺了擺手，「沒其他事就散了吧，大家都累了。」

好不容易熬到議事結束，塞德里克幾乎是迫不及待地造訪尤萊亞的寢宮，滿腔慍火立刻傾瀉而出。

「貝倫特以為他是誰啊！憑什麼干涉我的家務事！」暴跳如雷的王儲一邊抱怨，一邊由起居室右側踱步至左側，再由左側踱步回右側，「這次如果讓他們稱心如意，之後恐怕連我一週要行房幾次都膽敢干涉！」

也不管有沒有人回應，氣頭上的塞德里克仰頭將杯中茶水一口飲盡，咬牙切齒地破口大罵：「那些混蛋根本不在意實際情形是什麼，只是想藉由詆毀昆汀來打壓王室！」

比起穩坐王位的尤萊亞和幾乎不問世事的托爾，羽翼未豐的王儲自然是相對容易下手的對象。只是在尤萊亞有意無意介入下，塞德里克成長得很快，一轉眼勢力已然不容小覷，於是昆汀成了不二人選。

塞德里克不是不清楚昆汀可能是下個目標，也不是沒想過貝倫特會伺機發難，只是沒料到會是這種切入點，對昆汀的心疼無疑加劇他對貝倫特的不滿，「貝倫特是打算撕破臉了嗎？」

「在外人來看，貝倫特可是扛著忠誠的大旗。」

「父王，難道我們拿他沒有辦法嗎？花了那麼長時間明查暗訪，已經有那麼多證據顯示貝倫特有問題，還要容忍他這種雙面離間的把戲多久？」

貝倫特侯爵表面上看似支持王族，私下卻存有異心暗自煽動其他貴族。一如是否出征的爭論、信使傳遞的密函外洩，再到刻意提起南征開銷，都能發現貝倫特在背後推波助瀾。

塞德里克當然不會平白無故盯上貝倫特，究其原因還得從那個圖謀不軌的組織說起。古梟會自從據點被毀便沉寂下來，但他可不至於天真地以為會就此消失。

想要找出幕後黑手，說容易不容易，說難卻也不難，有能力掀起這般波瀾的必定是貴族，而且是具備相當勢力及財力的大貴族。如此一來只要限縮嫌疑人的範圍，投注人力盯梢，大至金錢流向，小至經常受邀出入的宴會，總能找出不尋常的端倪。

「里奇，任何時候都該謹言慎行。」

被尤萊亞溫言提醒的塞德里克撇了撇嘴，不甚甘願地吶吶應聲。

「我們謹言慎行，卻放任他們肆意汙衊嗎？」但僅只一瞬間，塞德里克的不悅又再次滿溢而出，「貝倫特竟然造謠說是昆汀一手策劃戰事，意圖利用北之國篡位奪權，父王您不會真的相信這種破綻百出的謊言吧？」

兩人才剛確定感情正是濃情蜜意，塞德里克自然捨不得昆汀受委屈。

「我相信與否並不重要，重要的是人們相信什麼。」

「明明事實是昆汀那個笨蛋在所有人都只顧自保逃命時，還堅持與國家和人民同進退，若不是雷因背著他來求援恐怕就……」每每想到這個可能性，塞德里克便一陣恐懼，「昆汀對王位從來沒有興趣！若不是心疼受到戰爭影響的百姓，一個熱愛自由的靈魂怎麼可能甘願受限於方寸之地！」

塞德里克說得義憤填膺，正思考該如何提出更有力的佐證說服尤萊亞和托爾，這才後知後覺地發現雙親均是一臉高深莫測的模樣。

「等等，父王和父親您們該不會早就知道了吧？」

「如果連對方底細都不清楚，當時怎麼可能同意你們的婚事？」尤萊亞既沒有承認也沒有否認，而是回以反問。

「這……可是任何人都可能從儀式中勝出啊！」

「傻孩子，誰贏都一樣，暗中動手腳並不困難。」

「既然如此您怎麼不早點告訴我，害我傻乎乎的什麼都不知道……」尤萊亞向來老謀深算，由震驚到接受並沒有花費塞德里克太多時間。

「如果當時告訴你，你會相信嗎？」

塞德里克被問得一頓，了解自己多疑的個性，年輕王儲沒作聲，有些尷尬地垂下眼簾。

「與其費盡口舌說明，不如讓你親自去體會來得真實，你看這一趟出去不就學會替昆汀說話了。」

「才不是，我只是就事論事……」被取笑的塞德里克眼珠轉了轉，害臊得渾身不自在。

「冷靜下來了？」

在雙親促狹的視線下，兩頰發燙的塞德里克點了點頭，窘迫地匆忙入座。

「之前已經發信邀請克迦亞帝國使者來訪商討通商買賣細節，算算時間應該在五天之內能夠抵達，屆時再為他們舉行慶典迎接。」

聞言塞德里克雙眼一亮，語氣不由得上揚，「父王的意思是讓他們——」

「南方的事由南方人親自說明，再合適不過。」

「父王果真料事如神。」

克迦亞諸國對於昆汀的印象普遍正面，若是透過使者為其平反，便能同時達到避嫌以及杜絕悠悠之口的目的。

「我只是習慣預作準備，你這脾氣還得收斂一些。」

此事有了解方，塞德里克心情寬慰不少，即使挨罵嘴角仍掩不住笑意，「多謝父王提點，那就不打擾了。」

晚間塞德里克伏在案前，將前日送達的來信讀了一遍又一遍，腦中全是昆汀寫信時或苦思冥想或抓耳撓腮的模樣。

反過來輪到自己要下筆時，他盯著空白羊皮紙猶豫不決，既想抒發這些日子碰上的不痛快，卻又不願對方擔心，於是筆尖的墨水沾了又乾乾了又沾，終究選擇報喜不報憂。

†

各國使者抵達的時間比預期晚了幾天，但為期一週的商討和慶典進行得十分順利，同樣如預期發揮塞德里克企盼的附加效果。雖說無法完全弭平刻意針對昆汀的流言蜚語，但隨著一面倒的聲音被稀釋，對於王夫的質疑緩和不少。

即使暫且度過此次風波，也不代表危機解除，只要綿延子嗣的責任未了，總有話柄落在有心人士手中，隨時可能大做文章。這或許是塞德里克第一次將安德森的耳提面命聽進心裡，但要懷孕就得行房，行房的前提就是昆汀得出現，而要他離開尚未穩定的奈斯特王國，理所當然得透過信件知會。

塞德里克向來自恃不論是詩詞或歌曲都能夠信手拈來，然而這回卻被區區書信給難倒。如果隱藏緣由探問歸期，似乎無異於撒嬌示愛，但若是如實相告並分析利弊似乎又過於公事公辦，他這些天寫了無數版本的信，咬禿無數根羽毛筆，始終沒能下定決心。

書房內兩難的塞德里克正雙手環胸，瞪著擺滿桌面的張張羊皮紙陷入沉思，就聽見雜沓的腳步聲逼近，接著響起的是倉促的叩門聲。「不好了！殿下，不好了！」

「嚷嚷什麼，我不是交代過別來打擾嗎？」眉頭一擰，塞德里克不悅地怒視來者。

「可是陛下他……突然吐血暈過去了！」

「怎麼回事？醫官過去了嗎？」塞德里克猛然回過頭，顧不上理會動作過大而意外翻倒的墨水。

在無人注意的桌面，漆黑液體逐漸蔓延擴散，將寫有華麗花體字的羊皮紙染上斑斑汙漬，

一如接下來超乎預期的事態。

從得知噩耗的那日開始，尤萊亞便再也沒有踏出寢宮一步，所有場合均由塞德里克代為出席。即便嚴正勒令封鎖消息，國王性命垂危的風聲仍不脛而走。

第三日，塞德里克代傳國王命令急召伊莉莎白女伯爵入宮，此舉無疑間接證實了尤萊亞病重且宮內群醫束手無策的謠言。

王宮內外的氣氛一日較一日低迷，即便不少人試圖求見，但全都被強硬駁回。國王的病情眾說紛紜，捕風捉影的猜測甚囂塵上，有說是舊疾復發，也有說是染上不知名怪病，更有說是吃食被有心人士下毒，只剩下一口氣苟延殘喘。

尤萊亞超過一週未曾露面，實則早已駕崩的說法悄然傳開，作為王位第一繼承人，越來越多人將塞德里克視為整起事件的幕後策劃者。

對此塞德里克當然瞭然於心，只是時候到了，即使再不願面對依舊避無可避。

第十日，頂著或探尋或不懷好意的目光，塞德里克面色凝重地走進議事廳，在神態各異的貴族面前沉聲宣布：「父王於昨夜凌晨因病駕崩了。」

此舉彷彿投石入湖打破暴風雨前的寧靜，令本就混濁的局勢再起波瀾。

Quentin Nestor × Cedric Diallos
NORTHERN EMPIRE
第18章
Northern Empire
Crown Prince & Dragon Knight

國不可一日無君，依循慣例君主辭世翌日便應由貴族召開登基會議，直到正式宣布第一順位繼承人為國王，才會將消息傳出宮牆。

然而這日登基會議，等待塞德里克的卻是群別有用心的豺狼虎豹。議事廳內，金髮王儲坐在陌生的王位上，目光掠過跟前來勢洶洶的一干人等，毫無意外地貝倫特侯爵赫然在列。

「陛下的死有蹊蹺，我等認為應該延後登基會議。」

「我沒聽懂閣下的意思，麻煩再說一次。」

「為釐清陛下猝逝的隱情，我等將進行調查。在真相明朗之前，請殿下稍事休息。」

「你所謂的隱情是軟禁我，再塑造為弒父凶手吧？」塞德里克皺起眉頭，發出一聲嗤笑，「我若是拒絕呢？」

「請殿下配合。」貝倫特領著數人上前一步，嘴上說得客氣，態度卻相當強硬。

雙方爭論之際，有資格參與登基會議的其餘貴族恰在此時踏入議事廳，毫不意外帶起紛紛議論。

「我就說陛下的死因果然不單純！」

「可是到底是誰下的手？陛下那麼相信殿下和貝倫特，他們都可能神不知鬼不覺下手。」

「貝倫特不是一直都是王族的應聲蟲嗎？怎麼今天……」

「看來一切都是假象，陛下一走全都變了樣。」

聽聞此話，塞德里克連忙見縫插針，「我與各位同樣困惑，今日貝倫特侯爵的表現似乎與往日不同，恐怕是別有用心吧？」

「還請殿下不要血口噴人！」

「各位今天難道沒有發現城堡前的廣場異常熱鬧？」塞德里克沒有逞口舌之快，而是問了個看似無關緊要的問題。

「熱鬧？」

「這麼一說，確實是聚集了比平常更多的人，除了負責看守的侍衛，好像還有一些沒見過的面孔……」

「今天有什麼安排嗎？」

塞德里克發出一聲低哼，再次將話鋒轉向貝倫特侯爵，「這得請教侯爵閣下了，帶人擅闖城堡有何企圖？」

「陛下死得不明不白，我等絕不容許為了一己私利狠心弒父弒君的不義之人，就這樣順理成章登上王位！」

「閣下未審先判，忙著把這麼嚴重的罪名嫁禍到我頭上，果然是為了脫罪嗎？」相比貝倫特的慷慨激昂，塞德里克顯得冷靜自持，兩人一來一往各自拉攏了不少的支持者。

「我對王族的忠誠眾所皆知，一直以來都將殿下視為未來儲君，然而你竟然做出這種人神共憤的事情，我等自然要為陛下討回公道，為北之國人民著想！」貝倫特面容嚴肅，一字一句說得鏗鏘有力，若非塞德里克深知內情，恐怕都要被男人說服，更遑論是部分立場始終游移不定的貴族。

坐在王位上的金髮王儲居高臨下，將所有動靜收入眼底。誰貫徹始終從未改變，誰苦思躊躇後做出選擇，又有誰如同牆頭草般來回猶豫，他全都記在心底。過去只覺得王位神聖而高不可攀，如今坐在上頭儘管視線遼闊卻異常孤寂。

「投降吧塞德里克，我保證給你個痛快，這是最後的仁慈。」似乎是將塞德里克的沉默視為退卻，貝倫特再次逼近王位所在階梯，語氣越發猖狂放肆，全然沒有身為臣屬應有的分際。

「退下！」面對貝倫特侯爵得寸進尺，隱在暗處的騎士團總算不再按兵不動。不過眨眼，五名全副武裝的騎士在塞德里克跟前形成一堵人牆，己方的聲勢頓時壯大不少。

「無法自證清白就想靠武力解決嗎？」

「注意你的態度！守護王族是騎士團的使命，你若膽敢再向前一步，休怪我們不客氣。」鏘一聲，五柄長劍同時出鞘，整齊劃一地直指貝倫特一伙。

「你知道現在護在身後的是誰嗎？他可是害死陛下的凶手！既然你們口口聲聲說要守護王族，還不把膽敢謀害陛下的逆子拿下！」

「閉嘴！議事廳可不是你胡說八道的地方！」普利莫或許精通劍術與騎術，但口舌之爭卻遠遠不及舌燦蓮花的貝倫特，面對挑釁只會笨拙地叫囂。

「普利莫，華夫一支向來以忠誠著稱，你卻認敵為友，傳世的美名如今恐怕要毀在你手上了！」

「別囉嗦，我家族的名譽用不著你來貓哭耗子！」

即使立場相反，塞德里克也得承認貝倫特確實深諳挑撥離間的技巧，男人清楚在場所有人的背景和軟肋，原先再堅定的態度一但面對直戳心頭的詰問，也難免心生動搖。

貝倫特是個不容小覷的對手，他長袖善舞、圓滑狡詐，為了達到謀反目的能夠戴上恭順的假面蟄伏多年，在暗中蓄積力量的同時不忘做足準備，好在事跡敗露後嫁禍對手。

越是清楚細節，就越是為貝倫特的深不可測感到膽寒，但面對男人越發不加遮掩的野心，勢必要固守王位的塞德里克從來就沒有退路。先前做的所有安排，不論是削弱敵方抑或是強化己方，都是為了在最終之役時爭取更多優勢，而現在是時候該挺胸迎戰。

儘管心臟跳得飛快，金髮王儲臉上依舊笑得目空一切泰然自若，「既然你堅稱是我殺害父王，醫官怎會沒有發現？」

「也許是用什麼不知名毒藥，或是威脅醫官封口，人是你殺的我怎麼會知道細節！」

「什麼證據都沒有卻想把罪名冠在我頭上，閣下真是打得一手好牌。」說著塞德里克驟然停下規律敲擊王座扶手的指尖，目光牢牢鎖住意氣風發的貝倫特，「既然我們各說各話不如都別爭了，直接請證人親口說清楚。」

「什麼證人？別以為隨便找個人就能濫竽充數。」

「保證分量十足。」塞德里克聲音很輕，彎起的嘴角卻滿是自信。形勢彷彿在瞬間逆轉，若說剛才他是被獵人步步逼退的獵物，此時便是順利誘騙敵方落入陷阱的老成狡兔，看似無害

卻令人心生戒備。

「多日不見，諸位過得可好？」打破僵局的是道眾人再熟悉不過的溫潤男聲。

「陛、陛下！」

「怎麼這種表情，看見我不開心嗎？」一高一低的兩抹身影相偕出現，那是親王托爾與宣稱已經駕崩的國王尤萊亞，男人毫無倦意或病容的氣色甚至較平日來得更加紅潤。

「可是您、您不是已經……怎麼會？」

關於這個問題的答案得回溯到約莫半個月前。還記得當時接獲噩耗的塞德里克匆匆趕往國王寢宮，行經長廊時恰好與低著頭離開的醫官安夫人錯身而過。見狀他腳下一頓，反射性想關切診斷結果，但轉念一想，應當先親眼確認情況，就在這一來一往的躊躇之間，安夫人已翩然遠去。

望著女人形色倉促的背影，塞德里克心頭一緊，說不出來的怪異油然而生，顧不上多想連忙通報入內。

床榻上尤萊亞倚著枕頭靠坐，被褥蓋在腰間，毫無血色的面孔被鉑金髮色襯托，顯得格外憔悴。他的骨架本就纖細，此時少了寬大外袍支撐，整個人裹在單薄襯衣內看上去更加弱不禁風。

「父王。」塞德里克連忙上前，不捨地拉住男人在幼時看上去曾經如此寬大，現下卻比自己略小的手。

「里奇你來了。」

「父王的身體可還安好？醫官怎麼說？」

「安說我積勞成疾，命不久矣。」

「怎麼可能？」塞德里克猛然瞪大眼，下意識望向一旁的托爾。豈料卻見男人面色平靜，正低垂著眉眼，專心致志地為尤萊亞剝除葡萄果皮。

這場景異常熟悉，卻也異常不合時宜，一如剛才醫官即使與自己打照面卻未多做解釋。塞德里克狐疑地皺眉，看了看臉色蒼白的尤萊亞，又看了看毫不緊張的托爾，越想越不對勁，躊躇片刻仍忍不住提問：「父王是在和我開玩笑嗎？」

尤萊亞沒有立刻回答，只是直勾勾望向塞德里克，對視的時間久到後者幾乎懷疑自己的判斷。尤萊亞莞爾，「看來我的演技有待加強。」僅僅是彎起嘴角的小動作，男人臉上的病容便驟然消散。

「不，父王演得唯妙唯肖，是父親露餡了。」確認尤萊亞無事，塞德里克總算有閒心開玩笑。

「托爾聽見沒，你應該要哭喪著臉跪在床邊，一副我已經病入膏唔……」

「別說那些。」托爾向來唯尤萊亞是瞻，用晶瑩剔透的果肉打斷男人未完的話或許已是最大逆不道的抗議。

「不說不代表不存在，他們這次不就下手了。」只見尤萊亞滿不在乎地聳了聳肩，動作自然地將果籽吐進伴侶候在前方的掌心。

「下手？」塞德里克敏銳地從兩人親暱的對話中捕捉到重點。

「近期那些藏匿在宮裡的老鼠不怎麼安分，所以我拉高了戒備的程度，果然昨天就在陛下的湯藥中發現少量附子草。」

「附子草？貝倫特打算弒君嗎！」附子草並非罕見的毒藥，偏遠村莊常用於防範狼群侵擾。或許是先前的小動作沒能發揮作用，貝倫特的手段益發升級，這次若非托爾足夠機警，尤萊亞恐怕過些時日就會不明不白死於非命。

思及此塞德里克的恐懼便盡數化為怒火，「父親想必已經抓住那個膽大包天下毒的傢伙了，我去見見他，讓他吐出背後的主使者！這次一定要抓住貝倫特，不能再讓他繼續逍遙了！」

「不，那樣會打草驚蛇，我們要將計就計。」

「父王打算請君入甕？」

附子草的毒性極強，若是打算直取尤萊亞性命再容易不過，但對方卻捨近求遠降低藥量。理由很簡單，一方面是希望達到被害者日益虛弱最後病逝的效果，以減少被察覺的可能，另一方面便是企圖延緩尤萊亞死亡的時間。

分明急於奪權篡位，貝倫特卻如此選擇的原因只可能是尚未準備妥當。所謂危機就是轉機，既然已看出破綻自是沒有放過的理由，尤萊亞這反客為主一計就是要殺得貝倫特措手不及好奪回優勢。

「如何，會害怕嗎？」

「求之不得。」沒有雙親的庇蔭，沒有信任的伙伴，塞德里克能想像屆時會是何其孤立無援，然而比起一味防守不時出現的暗箭，他更樂意正面對決。

「怎麼可能？陛下不是已經……」

「已經什麼？已經被你不留痕跡地毒害？」沒讓貝倫特把話說完，塞德里克率先搶白。

「看來貝倫特並不樂意見到本王，枉費剛才一席話說得如此懇切，令本王大為感動。」

「不，陛下……我只是太驚喜太開心了。」有別於前不久面對塞德里克時咄咄逼人，貝倫特的態度在尤萊亞亮出手牌後明顯有所轉換，原先看似傾斜的局勢也逐漸起了變化。除了貝倫特，一旁看熱鬧的貴族紛紛收起唯恐天下不亂的態度，無一不繃緊神經，生怕無法通過這場突如其來的忠誠考驗。

「對了，還有另一件值得開心的事。」只見重新坐上王位的尤萊亞笑得燦爛，稍微偏了偏腦袋，「確實有人在本王的食物中下毒，很幸運地托爾識破並抓住該名侍女。她聲稱是受人指使，並且很樂意供出幕後黑手。」

尤萊亞溫吞的語氣懶洋洋地輕描淡寫，卻輕易掀起一片譁然。原先儘管眾說紛紜，終究只是猜測，遠遠比不上國王親口證實來得震撼。塞德里克逐一掃過在場眾人的表情，與尤萊亞無聲對望，向一旁騎士抬手示意，「把人帶出來。」

只見一名面容清秀的侍女被兩名騎士半拖半架著帶入議事廳，面對如此大陣仗，女子嚇得臉色煞白。

「妳叫什麼名字？」

「我、我叫艾咪……」

「妳為何要毒害陛下？」

「我、我沒有，我真的不知道那是毒藥……」根本無需嚴刑拷打，淚如雨下的艾咪極度配合，「我真的無意謀害陛下，請相信我……」若非有兩名騎士支撐，全身顫抖的侍女早已癱軟在地。

「我當然相信妳，只要告訴我藥從哪裡來。」

「是、是……一個朋友，他跟我說是有益健康的補藥，沒想到會這樣……」

「妳應該還記得是哪位朋友吧？」

「唔……」

塞德里克向面露猶豫的艾咪微微傾身，彎起的嘴角噙著笑，語調輕柔如風，唯有綠眸毫無溫度，「好好想想，只要說出來妳就能留下一命。」

貪生怕死是人類的天性，一把抓住誘因的侍女終於顫巍巍地舉起手，「是——」

然而她都還沒說出口，就見一名黑髮騎士突然有所行動。男人企圖竄逃的動作雖快，卻快不過早已接獲命令有所防備的普利莫。

「別動！」一切都發生在眨眼之間，待眾人回神，康納已被雙手反剪，受制於其他騎士。

「你們做什麼！放開我！」

看了眼不斷掙扎的康納，塞德里克再次將目光落在艾咪身上，「把話說完，是誰？」

「我……」

若是平日，塞德里克可能還有繼續浪費時間的興致，然而此時耐心已然告罄，「當然妳也可以選擇不說，為他而死。」

或許是察覺塞德里克所言不假，無暇多想的艾咪總算下定決心，顫抖著掀動唇瓣，「是他，是康納！」

「妳別胡說，我根本不認識妳！」

「明明是你要我把那些粉末偷偷加進陛下的湯藥裡，還騙我說是補藥！」

「我才沒——」

「行了都安靜，把艾咪帶下去。」出聲制止互相指責的兩人，塞德里克向一旁騎士擺了擺手，「恭喜妳成功用情人的命換得一線生機。」

塞德里克早已認出艾咪正是曾與康納在花園幽會的女子。兩人之間是否真有感情不說，但任誰聽聞此話都難免動搖，果不其然只見艾咪呼吸一滯，再次陷入消沉。

「請殿下明察，我絕對——」

「辯解的話就省省吧，康納你和我離得太近做得太多，足夠我看透你了。」塞德里克直勾勾望向康納，感嘆似的長呼一口氣，「如果當時你沒將那些黑衣綁匪全數滅口，或許我也不會察覺不對勁。」

比起全無交集的侍女，塞德里克和經常在訓練場打照面的康納相對熟稔許多，正因為如此，即使他早已習慣遭遇背叛，當懷疑獲得證實時依舊感到惆悵。

康納是貝倫特安插在塞德里克身邊的棋子，最初的任務應該是打敗挑戰者成為王夫，藉以掌控王儲甚至是王族，豈料昆汀突然出現。而塞德里克和昆汀個性不合，康納又在貝倫特授意下屢次噓寒問暖關懷備至，就是為了趁虛而入好爭得一席之地。

然而當塞德里克與昆汀的關係日漸穩定，貝倫特發現誘騙起不了作用，取而代之的便是一而再再而三的暗殺。只要沒有王儲，沒有最具威脅性的礙事政敵尼古拉，剷除在位的國王後王冠便觸手可及。

「不說話？看來你打算自己扛下叛國罪了。」

「若是我供出主謀，殿下是否願意放過蓋爾家族？」冷靜下來的康納很快便認清並接受事實，不再徒勞掙扎。

「談條件的前提是你本身做出貢獻。」

「這一切的幕後黑手是貝倫特侯爵，安排刺殺的是他，籌組古梟會的是他，企圖毒害陛下的也是他！」

火苗持續延燒，見局面如預期發展，塞德里克滿意地綻開笑顏，「侯爵閣下，您怎麼說呢？」

「當然不可能！他可是企圖謀害陛下的惡徒，根本不在乎有沒有證據，為了脫罪什麼謊話都說得出來！我對陛下和北之國的真心天地可鑒日月可表，自然不存在所謂的證據！」

定神盯著貝倫特好半晌，塞德里克發出一聲嗤笑抬手示意，「既然如此，還請各位移駕到外頭廣場，我準備了一份薄禮邀請諸位共同鑑賞。」

金髮王儲說完並未多加解釋，拋下困惑的眾人率先邁步走出議事廳。

廣場已聚集不少人，一半是騎士團成員，一半則是貝倫特帶來的人馬，然而最醒目的莫過於高聳入雲的木製臺座。

「那是……絞刑臺！」

「今天有安排行刑嗎？怎麼會準備這麼晦氣的東西？」

「誠如諸位所見，這具歷史悠久陪伴我國多年的刑具，是特地為一位賓客所準備。」

彷彿身處樂曲飄揚的宴會，塞德里克微笑著向眾人展開雙臂，彷彿矗立跟前的並非曾經奪走無數性命的大型刑具，而是件稀世珍寶。

伴隨他的手勢，眾人目光全落在跪立於一旁的男人身上。確認已成功抓住所有人的注意力，塞德里克小幅度頷首，待命的騎士隨即揭開罩在男人頭上的漆黑頭套。突然重見光明，福態的男人先是一愣，看清局勢後隨即大聲嚷嚷著求饒：「殿下饒命，殿下饒命啊！」一邊撲簌簌地顫抖，一邊大動作磕頭。

「可有人知道此人是誰？」

看似沉靜的湖面因為塞德里克拋下的石子漫開陣陣漣漪。

「衣服髒兮兮的，不過用得起絲綢布料和狐狸皮毛，應該是哪個貴族人家。」

「五官有點眼熟，好像在哪裡看過……」

「雖然體型圓潤，但他的輪廓有點像貝倫特侯爵？」

貴族不愧是最擅長製造並傳播流言蜚語的族群，你一言我一語，答案很快就呼之欲出。而狼狽的男人也像是突然被點醒，連忙手腳並用爬向被點名的貝倫特，「朱利爾斯，救我！」

「侯爵閣下，這位可是您的弟弟，朗恩・貝倫特？」

先前面對貝倫特的步步攻擊，意在探究對方底細的塞德里克選擇蟄伏。直到尤萊亞現身，那是逆轉風向的第一張牌；接著是艾咪和康納，小人物的供詞或許不受重視，但具體人證能夠削弱貝倫特的可信度；再加上最後一張底牌，身分特殊的朗恩足以就此阻斷所有退路。

「不認識。」貝倫特看也不看扯住自己衣襬的朗恩，冷漠地將之一腳踢開。

「兄長、兄長我——」試圖再次靠近的男人被貝倫特亮出的長劍嚇得連忙噤聲。

「諸位可知道我是在哪碰見朗恩？」貝倫特可以威脅尋求庇護的棄子，卻嚇唬不了塞德里克。金髮王儲也不在意無人回應，自顧自說下去：「他是克迦亞戰役的俘虜，混在一群綠旗軍中。朗恩平常總是穿得光鮮亮麗，那麼狼狽的模樣我一開始也沒認出來，多虧他出聲叫我。」

彷彿憶起什麼趣事般，塞德里克旁若無人地輕嘆，「再怎麼樣都是我北之國的人民，厚著臉皮也得向奈斯特王國把人討回來，是不是？」

「戰俘？」

「難道綠旗軍和貝倫特有什麼關係嗎？」

聽聞窸窸窣窣的低聲討論，塞德里克刻意將焦點引向朗恩，「想必大家和我一樣好奇，為什麼朗恩會出現在克迦亞地區，甚至混在綠旗軍之中，還有請當事人為我們解答這個困惑。」只要抓準人類盲從和嗜血的本性，藉機煽風點火可是再容易不過。

「我、我是奉朱利——」

「閉嘴！」

「現在認識了？」聽聞貝倫特侯爵怒喝，塞德里克語帶譏誚，「他不敢開口也無妨，我替他說。為了確保謀反萬無一失，你以古梟會名義私下招兵買馬，同時派出朗恩拉攏綠旗軍。你承諾為其提供食物、糧草和火藥，哈爾頓一開始也同意了，只是沒想到今年冬季比以往更加嚴寒，為了生存他們選擇揮師南下。」

塞德里克故意停頓片刻，看了貝倫特一眼才接下去，「接下來的事情你們都知道了，哈爾頓在克迦亞一役踢到鐵板，我和朗恩也是在那個時候見到面對吧？」

「是……」

「感謝朗恩配合，我也拿到了你與哈爾頓來往的信件。」目光掠過侷促不安的朗恩，塞德里克盯著緊握拳頭的貝倫特侯爵咧嘴一笑，臉上滿是不加掩飾的幸災樂禍，「元氣大傷的綠旗軍自顧不暇，自然無力介入他國政變。真是可惜了，若是與綠旗軍合作有兵力強大的後援，逼宮成功的機率也會大幅提升吧。」

「就算真相大白又如何，現在已經太遲了！」面對塞德里克的挑釁，幾乎把牙關咬碎的貝倫特終究忍無可忍。話都說到這個地步已然千夫所指，再繼續否認也沒有意義，他不再壓抑怒氣，握緊手中的長劍振臂高呼：「進攻！誰能取下狄亞洛斯家的人頭，重重有賞！」

「殺——」

兩方人馬一湧而上，分明是驚心動魄又熱血沸騰的對決時刻，貝倫特望著雙方抵死纏鬥的場景，回憶卻在此時不合時宜地浮現。

那是個盛夏正午，烈日當空，綠意盎然的花園中只見幾個孩童不畏暑氣，一邊嬉笑追逐，一邊揮舞手中的玩具木劍，模仿騎士在戰場上大展身手的英姿。

「我也想加入。」

「朱利爾斯你走開，我媽媽說只能跟家世清白的人一起玩，你這個私生子。」

兩人拉扯之間，試圖融入群體的孩子摔倒在地。

「私生子是什麼？」孩童畢竟年幼，並非人人都能理解該字詞隱含的意義。

「私生子就是——」

朱利爾斯顧不上為疼痛哭泣，猛然爬起身便匆忙撲向玩伴，「才不是！你不要亂說，我有爸爸和媽媽！」

「你才沒有！那都是假的……」

在孩子吵嚷的哭鬧聲中，只覺得一陣大霧漫開，場景又突然起了變化。

接著出現的是貝倫特莊園一處角落，視線正因逐漸轉暗的傍晚天色受到影響，便聽見刻意降低音量的數道女聲由不遠處傳來。

「哎，妳知道嗎？聽說朱利爾斯少爺是安德魯親王的私生子，在與歐格里殿下結婚前就有了。」

「真的假的？」其中一名侍女接連發出驚嘆，顯然初次知曉傳聞，「難怪長相那麼相似，他們的眼睛根本一模一樣。」

「說起來尤萊亞殿下的眼睛也是同一個模子刻出來的，果然孩子不能偷生。」

「朱利爾斯少爺作為私生子算是幸運了，只是比起高高在上的王儲，外表長得再像也是雲泥之別……」

被稱之為幸運的朱利爾斯隱身在轉角後的陰影處，將幾人閒談的對話聽得一清二楚。一句雲泥之別狠狠衝擊了少年的自尊心，於是從此開始，朱利爾斯再也無法以平常心看待侍女口中的年輕王儲尤萊亞，不論是才學、氣度、劍術無一不費盡心力學習，就是為了彌補地位造成的差距。

長久以來他都只是將心頭那不服氣視為同齡者之間的競爭，直到某一日，意外從名義上的父母口中得知真相。朱利爾斯這才發現始終揮之不去的謠言的確是事實，頂著伯爵身分的安德魯親王其實是自己的生父，母親甚至生死不明。為了掩蓋這樁醜事，還是襁褓的朱利爾斯被過繼給安德魯當時新婚不久的弟弟諾曼。

這個消息無疑顛覆了朱利爾斯的認知，不僅說明謠言其來有自，諾曼夫妻明顯偏愛弟弟林肯和朗恩的行為也有合理的解答。矮人一截的出身和求而不得的親情讓他陷入自卑，渾渾噩噩消沉許久，在又一次遭受玩伴排擠時，長久壓抑的情緒終於爆發。

私生子如何！生不逢時又如何！只要除掉擋在眼前的所有阻礙，除掉尤萊亞取而代之，不論姓氏是狄亞洛斯或貝倫特都能高人一等，都能成為王族！

朱利爾斯誓言討回過去的卑躬屈膝，將承受的屈辱和不甘化作上進的動力日益茁壯，表現越發優秀突出，最後甚至打敗真正的嫡子，在諾曼病逝後順理成章繼承侯爵頭銜。

他當然不會滿足於第一階段的目標，為了坐上那張萬人景仰且垂涎的崇高王位，男人已付諸無數金錢、時間與心力，眼見勝利似乎一蹴可及。

即使受制於尤萊亞和塞德里克刻意提早時間點，兵力調度略嫌吃緊，但箭在弦上，貝倫特說什麼都得抓住千載難逢的機會拚一次。思及此，他隨即吆喝著加入戰局，「殺！騎士團人數不多，一口氣把他們都解決掉！」

坎培紐城設有侍衛及王家騎士團，前者數量較多但戰力普通，負責巡防包括城堡在內等整座王城；後者則負責護衛王族，多活動於宮牆之內，數量有限但個個能力出眾能夠以一擋十。貝倫特早已透過康納摸清布防，今日入宮時便已同步下令取得城門控制權，既可防止可能壞事的外人入內，也可阻擋目標人物逃出。除了城門，剛才他一聲令下，提前配置的突襲部隊也率先搶占了城堡大門，確保兵力進出的管道暢通。

眼看計謀奏效，貝倫特望著己方人馬逐漸將尤萊亞等人包圍的畫面，不禁興奮地撫掌大笑，正欲一鼓作氣將落入險境的敵方拿下，卻聽見雜沓的腳步聲由身後傳來。

「不好了！侯爵不好了！」

「局勢好得很！」聽聞慌亂的驚呼，貝倫特沒好氣地瞪了來人一眼。

「剛才前線傳來消息，我們搶占的城門被奪下了！現在有大隊兵馬朝我們逼近！」

貝倫特面色一沉，尚在思考應對措施，突然響起無預警的爆炸聲，循聲望去，怎料映入眼簾的竟是在空中綻開的繽紛彩炮。「什麼？」

他皺起眉頭正困惑著，就見塞德里克笑得胸有成竹，「終於來了，拜倫帶著尼古拉的人馬來了。」

「尼古拉？尼古拉家不是死的死逃的逃了嗎？」貝倫特瞪大眼，從沒想過還會再次聽聞這個名字，那是曾經最具威脅，如今已然家破人亡的政敵，「就算是其他分支想替他們出頭，也不會與你聯手吧？」

尼古拉畢竟是歷史悠久的家族，有些旁系分支或忠心耿耿的屬下為其打抱不平並不奇怪，只是在外人眼中害死尼古拉家主的分明正是王族。

「真可惜，公爵和夫人在伊莉莎白女伯爵的庇蔭下一切安好，就連安東尼都在我們眼皮下看管著。這還得多虧你的功勞，不然我還換不來他的忠誠。」

「可惡……」錯愕惱火、不甘心和難以置信全混在一塊翻騰，握緊的拳頭咯咯作響，怒不可遏的貝倫特氣得目眥盡裂。他面色陰鷙垂下腦袋做了幾次深呼吸，好半晌才徐徐抬頭，接著癲狂地仰天長嘯：「不管誰來都一樣，只要殺了你們，再殺了膽敢有意見的傢伙，我一樣可以登上王位！再多人也阻止不了！」

被逼至絕境，貝倫特除了義無反顧勇往直前沒有其餘選擇。

「騎士團聽令，保護陛下！」塞德里克握緊劍柄，發號施令的同時再次迎向來襲的敵人。

「勝者為王敗者為寇，只有贏才有機會活下來！給我殺了他們！」搬弄是非無疑是貝倫特的拿手好戲，幾句話煽風點火便再次激起手下人馬的鬥志，一時間士氣大振。

見狀塞德里克不以為然地低哼出聲，「想贏得先有本事過我這關！」

他早料到貝倫特會在近日發難卻未加強防守，就是要避免打草驚蛇，這招請君入甕若是不想辦法將貝倫特的重兵誘入城堡，如何能夠裡外應和一舉將其拿下。只是事態發展雖如同預期，但塞德里克仍免不了感到急躁，曝露在風險中的時間越長，就越可能產生意外變數。

敵眾我寡的壓力不止對生理，也對心理造成影響，受困於人士氣難免低迷，加上體力不堪負荷，塞德里克可以清楚感覺到騎士團揮劍、閃躲，連做出反應的速度都變慢了。相反地貝倫特越是著急，背水一戰的敵方攻勢便越發密集雜沓，更加難以招架。

「別慌，穩住！」說是這麼說，塞德里克卻不敢鬆懈，「後援已經來了，只要穩住，勝利就是我們的！」

伸手抹去浮上額際的汗，他喘著粗氣，一邊應付紛至沓來的攻勢，不忘分神留意全局，試圖尋覓突破口。擒賊先擒王的道理誰都懂，但是貝倫特的位置處於敵軍後翼，以現下膠著的戰況而言，身為兵力吃緊的一方，塞德里克根本無力也無暇穿越重重人群。

擔憂夜長夢多，塞德里克正一愁莫展，一股不尋常的強風突如其來拂過臉龐，緊接著視線暗了下來，直到翳日的巨大黑影掠過。他揚臂直取敵方喉管的動作未停，下意識抬頭去看，那瞬間只見近處景象是被劍鋒帶出的鮮紅血液，遠處則是一抹從天而降的矯捷身影。

分明是只發生在須臾之間，卻極為緩慢清晰的畫面深深烙印在眸底。單槍匹馬深入敵方的男人先是左腳著地，隨風飄揚的披風繡有奈斯特王國紋章，沉甸甸的重劍在所有人做出反應前已橫過貝倫特的頸項。

「下令他們停手，否則就由我讓你停手。」來自異邦的龍騎士如此說道。

在劍拔弩張的此時此刻，塞德里克肩上的重擔光是因為昆汀出現便減輕許多，男人必定能保護自己全身而退的自信沒來由地湧上胸口。思及此他忍不住笑了，不帶諷刺和任何念頭，那是純粹發自內心的笑意。

這場不過半天卻感覺無比漫長的對峙總算落幕。

†

先是指揮騎士將貝倫特朋黨壓入地牢，又連忙吩咐侍衛巡查城內人民是否一切安好，最後則要安頓尼古拉家族支援的兵馬。忙碌了好一會，總算得以偷空喘息的塞德里克返回書房，先是一口氣喝光整杯紅茶，這才有空檔和昆汀說話，「你怎麼來了？」

「我見到米菈，卻發現牠什麼也沒帶，我擔心出狀況所以過來看看。出這麼大的事，怎麼不跟我說？」

「我都安排好了，沒必要多一個人心煩。」

米菈確實是受命前往奈斯特王國，但一如昆汀所言，替塞德里克去探訪的雪鷹並未攜來隻字片語。一方面是擔心計謀外洩，另一方面是塞德里克確實不願意為北之國的內政驚動昆汀。

塞德里克了解對方的個性，若是昆汀知曉必定不會袖手旁觀，但攝政王身分特殊，男人已有不少煩心事，沒能為其分憂解勞就算了，他不希望還徒增對方困擾。

「看來是我多事了，擾亂殿下的計畫。」

「不，你們給我帶來了驚喜。」展臂摟住昆汀，塞德里克精準地攫住男人的唇瓣，舌尖熟門熟路地撬開齒列長驅直入。原打算只是淺嘗輒止，然而卻被熟悉的氣息引誘得失去理智，猛力將昆汀拉得更近，他微微側過頭，貪婪地調整能夠加深親吻的角度。

為了今日塞德里克事前送出無數密函，連繫各方就位確定萬無一失，不在預期中的昆汀與雷因不過是錦上添花，少了他們也不會左右結果。這道理塞德里克比誰都清楚，但在那抹帥氣身影闖入視線範圍時卻比誰都開心。

豈料一吻方休，得了甜頭的龍騎士竟試圖討價還價，「我不希望你獨自面對危險。」

直勾勾望進一汪盛著擔憂的幽深藍潭，塞德里克執起昆汀的手晃了晃，求饒的語氣少見的柔軟，「我不是沒事嗎？」

「里奇，任何可能導致受傷的事都別瞞著我。」

聞言塞德里克不自在地別開目光，裝模作樣地乾咳出聲，「這個要求得寸進尺了。」

「我不會干涉你的決定，只是讓我陪你一起，答應我。」

塞德里克本欲拒絕，終究不敵男人熱切的視線敗下陣來，「你保證不會礙事？」

「我可是龍騎士，絕對可以提供高品質的勞動力。」

「說不定我需要的是高品質的智慧。」

「動腦可是你的任務，體力活就交給我。」

臉頰突然傳來溫熱柔軟的觸感，反應不及的塞德里克責備地瞪了偷襲者一眼，「還真敢說。」

Quentin Nestor × Cedric Diallos
NORTHERN EMPIRE
尾聲
Northern Empire
Crown Prince & Dragon Knight

誠如貝倫特所言，成王敗寇只是一瞬間，而歷史向來是由勝者書寫。

貝倫特企圖謀反至今已經過去一個多月，尤萊亞沒有放過任何一名謀反分子，大至膽敢在逼宮現場表態的貴族，小至以各種身分潛伏的內應，一個接一個鋃鐺入獄。

為了殺雞儆猴，行刑的時程安排得相當緊湊，劊子手手起刀落，一切始作俑者人頭落地，意味著這場失敗的政變正式畫下句點。

貴族之間本就存在千絲萬縷的親戚關係，加上古梟會人員眾多牽連廣泛，整個社交圈或多或少都受到影響。而相對氛圍陷入低迷的貴族，成功挺過危機的王族威望不減反增，可謂如日中天。

也正是在諸事逐漸塵埃落定的時候，尤萊亞公開頒布兩道命令，一是表彰此次王儲塞德里護國有功，具備成為一國之君的智慧、氣度與勇氣；二是發表退位宣言，預告將陸續下放國政，由王儲塞德里克接任王位。

怎料天不從人願，就在尤萊亞頒布命令隔日，全國上下尚在熱議王儲塞德里克手段高明，竟能逼得國王主動讓位時，宮裡出了件大事。

身為話題主角的塞德里克昏倒了，經醫官診斷確定懷有四個月身孕。這對王室而言無疑是比任何都重要的大事，原先忙於見習準備接管政事的王儲被勒令好好休養，肚子逐漸隆起後更是鮮少出現在公眾面前。

五個多月後，那年的夏季孩子出生了，毫無意外是個繼承王族特殊體徵的小王子。外表像極雙親的諾恩一躍成為王室新寵兒，不論是牙牙學語，還是搖搖晃晃地邁出人生第一步，都是萬眾矚目的焦點。

而就在人們早已遺忘時，尤萊亞再度重提一拖就拖延三年的退位宣言，這次再也沒有突發狀況。

†

王權更迭通常發生於君主逝世時，為了讓國家正常運作，自然會安排新任君王盡快登基。相較之下加冕典禮帶有歡慶意涵，與國喪有所衝突，大多在新王登基後一年才舉行。

然而尤萊亞是自行選擇退位，無須避開喪期，因此登基及加冕典禮得以一同舉行。經過半年籌備，光陰如白駒過隙，一轉眼就來到典禮當日。

塞德里克穿著一席以紫金二色為基調的加冕服，身披同色系毛領披風，踩在紅地毯上，在禮侍官的簇擁下，面容肅穆地穿過妝點各式鮮花的偌大議事廳，一步步登上王座前的階梯，接著轉過身站定，居高臨下俯瞰。

這是他第二次站在這個無比崇高的位置，上次更多是虛張聲勢，而這次經過長時間沉澱已經做好萬全準備。目光淡淡掃過到場觀禮的所有出席者，他沒作聲，只是向一旁的禮侍官擺了擺手。

右手接過侍童送上黃金權杖，再以左手捧起十字寶球，塞德里克掂了掂手中象徵權力的王權聖物，下意識看向佇立一旁的昆汀和坐在男人胳膊上的諾恩，定了定神才朗聲宣示：「我塞德里克·狄亞洛斯，宣示統治北之國所屬領土，將恪守君主的責任，承擔千萬臣民期許！」音量不大，或許尚且有些青澀，卻已足夠威嚴。

「行加冕儀式。」

聽聞禮侍官高呼，塞德里克在身後的王座落座，接著微微向前傾身。

即使低垂著頭顱，他也能清晰感覺到尤萊亞逐漸靠近，三步、兩步、一步，最後停在自己跟前。接著是直接壓上腦袋沉甸甸的重量，代表權力與義務的王冠極富存在感，像是壓在心頭，逼出對未知的忐忑與不安。

「記住，我的孩子。你是我的驕傲，也是狄亞洛斯的驕傲，放手去做吧。」

聽聞此話，塞德里克充斥胸臆的侷促神奇地消散不少，「我必定不辱使命。」

闔上眼深深吸了一口氣，塞德里克彎起嘴角，在歡呼聲中迎向眾人。

羽翼漸豐的雛鷹正跌跌撞撞學習展翅，雖不及成熟的雄鷹那般銳不可擋，但假以時日，耀眼的鋒芒終究會透出雲層。

——《北之國—王儲與龍騎士—．下》完

番外1 王儲的責任

Northern Empire
Crown Prince & Dragon Knight

「王儲塞德里克護國有功，應對貝倫特等叛軍從容不迫遊刃有餘，兼具王者氣度與風範。有鑑於本王體弱，不宜過度勞累，王位擬交由塞德里克接任，擇日登基。」尤萊亞此話一出，無疑令好不容易平緩下來的局勢再掀波瀾，一時間或探尋或好奇或震驚的所有目光全聚到塞德里克身上。

即使沒有明說，塞德里克也能看出眾人眼中的質疑，不止針對他的能力，更針對尤萊亞這番話的可信度。對於貴族而言，國王的退位宣言或許毫無預警，但對於王儲卻是有跡可循。

這些年塞德里克在外出訪時碰過也解決了不少難題，不再是毫無建樹的虛名王儲，聲望的確小有長進，但若非尤萊亞有意宣揚自然不可能如此順利。國王體弱多病是事實，在兒子面前也從未隱藏退位的意圖，只是怎麼也沒想到這一天來得那麼快。

擇日登基聽上去簡單，實施起來卻不容易。決定禮服、賓客名單、場地布置、遊行動線等瑣事或許能夠交由旁人協助，但熟悉政事對準國王塞德里克卻是責無旁貸。

不知是否神經繃得太緊，連日忙得腳不沾地的塞德里克明顯感到疲倦嗜睡，甚至時不時有頭疼腹痛的症狀。與前幾天相同，他清醒後仍是以直湧上胸口的酸意開啟早晨，暢快淋漓地吐過一回，萎靡的精神總算稍微恢復。

只是歷經這番折騰早已胃口盡失，桌面上的食物就算再秀色可餐塞德里克也提不起勁，草草以些許麵包和濃湯果腹，便開始進行從早到晚的行程。

先是參與議事會議，然後閱讀各封地定期上呈的報告，若有任何疑惑則可於午後向尤萊亞求教。如果只是處理這些死板的書面工作，他自然不成問題，但為君為王最根本的重任便是如何利用手中的資源，張弛有度地管理臣民。

政策應視情況調整，不宜過於嚴苛也不宜過於寬鬆，但難就難在何時該調整韁繩只有經驗老道的馬伕才知曉。反之若是施力時機或力道不得當，則可能被失控的馬匹牽著鼻子走。

為了磨練觀察局勢的敏銳度，塞德里克將沙盤推演放在諸多功課中的第一位，每每對於政事有了想法，總要不厭其煩向尤萊亞確認。

「這是尼古拉公爵最近寄來的第三封請願信，雖未直說，但顯然是希望父王召回被流放邊疆的安東尼。雖然他在剷除古梟會一事確實盡了分力，但有心謀反是事實，若是太便宜他可能有損——」

然而塞德里克話才說到一半，強烈暈眩便無預警襲上腦門，只覺得一陣天旋地轉。他本能地搖了搖頭，視界內的景色卻越來越模糊，直至陷入黑暗。

†

「醒了？現在覺得怎麼樣？」

塞德里克眨了眨眼，下意識望向聲源，映入眼簾的是雙親近在咫尺的面孔。抬頭環顧四周，他盯著熟悉的擺設好半晌，才意識到在昏迷期間已被送回寢宮，「剛才說到尼古拉他——」

混沌的思緒陸續回籠，塞德里克試圖掙扎著起身。

「好好躺著，今天先休息一天。」

「可是我還有一些文件要——」

「沒有可是，我知道你求知若渴，但是再心急也得顧好身體。」

被尤萊亞強硬地按回床上，塞德里克忍不住嘟囔：「可是距離典禮已經只剩下兩個多月，我根本還無法獨當一面。」

「沒有人天生就是國王，經過磨練自然會有所長進。」

塞德里克垂下眼簾沒有出聲，只是悄悄握緊手中的被褥。

「別對自己那麼苛刻，更何況除了自己，你還有另一個小傢伙要照顧。」

「什麼小傢伙？」聞言塞德里克困惑地挑起眉頭，然而尤萊亞沒有搭腔，只是笑得諱莫如深。

趕在塞德里克繼續追問以前，一道女聲率先打破沉默，「殿下最近是否時常感到疲倦嗜睡，而且胃口不佳？」

「對。」

「是否有反胃症狀？」

「說到這個，我已經連續吐了好幾天，腹部也不太舒服，安夫人妳替我開點藥吧。」塞德里克始終將連日不適視為偶發情形，從未放在心上，自然也沒有召喚醫官的打算，不過現下人都來到跟前了，順帶解決惱人的小毛病也沒什麼不好。

怎料安夫人沒有立刻應聲，而是抬頭與尤萊亞對看一眼，氣氛在瞬間陷入詭異的沉默。見狀塞德里克看了看安夫人又看了看雙親，不禁蹙起眉頭語帶遲疑，「所以，我的病……很嚴重嗎？」

「恭喜殿下，您懷孕了。」

「懷孕？」塞德里克愣了三秒鐘，才意會過來，「等等，妳說懷孕……我嗎？」

「是的，還請殿下好好照顧身體，切莫像這次一樣太過勉強，否則——」安夫人似乎還叮囑了些什麼，但思緒飄忽的塞德里克已經什麼都聽不見。

他並非不歡迎這個小生命到來，可是光是應付登基就已耗費大量心力，而今又增加一個意外驚喜，塞德里克無疑更加焦慮。這也反映在塞德里克的身體狀況上，即使服用能夠緩解噁心感的草藥，每日的晨吐依舊不見改善甚至更加嚴重。

至於不振的食欲則在多方努力下有了些許提升，一是廚師配合塞德里克的口味微調菜單，二是他顧慮孩子，有意識強迫自己多吃幾口。三則是老總管安德森給侍者侍女下達了指令，只要在王宮之內不論塞德里克走到哪裡，都備有新鮮漿果和點心方便取用。

話雖如此，金髮王儲仍舊在短短數天之內以肉眼可見的速度日益消瘦。狄亞洛斯家族體質特殊，可以男身孕子傳宗接代，這是放眼普天均知曉的事，塞德里克同樣將其視為己任，只是當時機真的來臨仍不免存疑。

他佇立在金屬鏡前，撩起質料輕薄的裡衣，直勾勾盯著鏡中人影的腹部看了良久。平坦外表看似與往日無異，即使伸手觸碰甚至輕按依舊毫無反應。這裡頭真的孕育了一個小生命嗎？醫官有沒有可能診斷錯誤？

也許是在呼應塞德里克的困惑，一股熟悉的酸意突然翻騰而上，由胸口直衝喉頭。來不及多想，他連忙摀住嘴直奔寢宮角落的小木桶，才剛微微傾身，來自胃部的穢物便迫不及待地湧出。

「嘔、嘔——嘔——」一陣搜腸刮肚，全身力氣在短短幾秒鐘內被掏空，彷彿受到擠壓移位的五臟六腑無一不難受。

「里奇、里奇……」

塞德里克掌根撐著膝蓋，喘著粗氣直起腰，用手背抹過嘴角的同時忍不住暗諷自己的身體素質不夠強大，竟然因為一點不適就產生了幻覺。怎料滿溢關切的熟悉男聲仍不依不饒地響起，「里奇，還好嗎？」

明明已經看穿了真偽，為什麼還有聲音？突然意識到背脊被摩挲傳來的暖意並非想像，他猛地一頓，驀然清醒過來。不是，那不是幻覺，身後理應遠在南方的伴侶是真實的存在。

「還難受嗎？」

從昆汀手中接過清水漱口，直到沖去嘴裡殘留的酸味，塞德里克這才擺了擺手，「沒事，吐完就好多了，這幾天都是這樣。」

「已經好幾天了？你都瘦了，怎麼不讓醫官看看。」

「我有吃藥，但沒什麼效果。」喚來侍者收拾殘局，塞德里克疑惑地望向不該出現的龍騎士，「不過你怎麼回來了？」

這些天塞德里克光忙著適應生活中各種改變，連自己的情緒都尚未釐清，根本沒有額外心力寫信給昆汀。

「我收到陛下的信，說有急事要我趕回來。里奇你真的還好嗎？再讓醫官看看吧？」

「沒什麼，這是因為……」

「怎麼了？」

「我、懷孕了。」倉促地垂下眼簾避開注視，塞德里克故作忙碌地套上外衣，刻意不去看男人的表情。

「你說懷孕了？」昆汀愣神片刻，鸚鵡學舌似的重複塞德里克的話，過了數秒鐘才回神，「天啊，我們要當爸爸了！」

一把擁住背對自己的王儲，雨點似的碎吻落在伴侶的髮頂和耳根，喜悅二字並不足以形容昆汀此時此刻的心情，既想高聲歡呼又想仰天大笑，更想喜極而泣，各種情緒在胸腔內不斷膨脹不斷放大，逼得他只能透過說話來抒發，「天啊！我們要有寶寶了。現在多大了？什麼時候會出生？」

昆汀少年離家，四處遊歷時認識不少並肩作戰的朋友，也結交得以交付信任的雷因，生活刺激精彩但感情方面卻始終沒有著落。他曾經以為會孑然一身直至終老，從來沒想過會有如今。

是塞德里克圓滿了昆汀心底從未對外言說的憧憬，是他填補了母親逝世後便遺漏的一塊缺口，是他給了自己一個家。家裡不僅有相知相惜的伴侶，甚至會有個或許淘氣或許內向的孩子。

雀躍地又叫又跳好半晌，昆汀總算稍稍平復下來，這才慌慌張張地鬆開將塞德里克緊緊環摟的雙臂，「噢噢噢，里奇抱歉，我是不是抱太大力了，有沒有傷到寶寶？我應該要注意力道，但是太開……」

一邊解釋一邊再次湊近，而這回昆汀終於看清塞德里克的表情，被興奮沖昏頭的男人這才後知後覺地意識到伴侶的不對勁。塞德里克很安靜，靜得相當反常。他的王儲應該生機勃勃瞵視昂藏，而不是如此時這般垂著雙肩，整個人籠罩於無助和脆弱之中，光是看著就令人心疼。

「里奇，怎麼了？哪裡不舒服嗎？」連忙拉著塞德里克到床邊坐下，昆汀跪立在男人跟前，抬眸與之對視。

「沒有，我沒事。」

「還是……」雖說擔心得到肯定的答案，昆汀抿唇猶豫片刻，最後仍硬著頭皮開口，「你不想要這個孩子？我以為……」

擔心讓塞德里克感到壓力，昆汀連忙隱下未完的話。他可沒忘記塞德里克對子嗣的執著，新婚那時即使兩人之間沒有感情，男人依舊堅持夜夜履行義務，就是為了盡快受孕，時隔多年好不容易如願以償，怎麼也沒想到塞德里克反而陷入低潮。

「沒有，我只是……」

「既然如此怎麼還愁眉不展？」聞言昆汀鬆了一口氣，伸手試圖撫平男人眉間聚攏的疙瘩。

「只是他來的不是時候，現在光是跟著父王見習就已經很忙碌，若是登基勢必要處理更多政務，我擔心……無法兼顧。」

「是我不好，不該讓你一個人面對。」昆汀幾乎立刻就下定決心，攝政王身分代表權勢和地位，在外人眼中或許求之不得，但對他而言，當天秤另一頭是塞德里克，再多的砝碼也不足以改變答案，更何況現在還多了孩子。

昆汀垂首吻上男人的掌心，也許無法替塞德里克分擔肩上的重量，至少能夠如同托爾親王般陪伴在尤萊亞左右，「現在奈斯特王國的重建已經逐漸有雛形了，我去——」

然而他話都還沒說完，就被塞德里克打斷，「不准！」

「可是——」

「我說不准！」

瞠大的綠眸透出直白的威脅，加上手腕上不容拒絕的使勁攥握，昆汀就算再遲鈍也能看出塞德里克的認真，「你先別急，冷靜下來。」

塞德里克深深吸口氣，混沌的腦袋確實有所冷卻，並非昆汀的勸說，而是因為男人毫不考慮的答案。既然昆汀能夠為了孩子傾盡所有，自己又何嘗不可？若是沒有這個意外的驚喜，塞德里克必然會咬牙硬著頭皮在近期接下王位。

只是人算不如天算，想要兩者兼顧對於現在的塞德里克而言顯然不可能，尤萊亞也清楚這一點，否則就不會主動提議延遲登基的時間。塞德里克了解尤萊亞用心良苦，只是跨不過心頭那道坎，彷彿只要點頭同意就是承認能力不足，藉以逃避身為王儲的責任。

只是他沒想到還有更加無法接受的情況存在，犧牲昆汀應有的前途來成全自己的尊嚴，這種事單單只是想像，塞德里克就要壓不住滿肚子的惱火。相比之下向尤萊亞求助的不服氣顯得不足掛齒，何況躲在雙親的庇護下多年，如今才耿耿於懷未免過於矯情。

「你覺得，我真的可以同時成為好國王和好父王嗎？」

就像尤萊亞一樣，對外不僅能顧及所有臣民，對內還能替孩子親力而為地除去障礙，鋪就一條坦途。對於塞德里克而言，尤萊亞是憧憬，是目標，也是壓力來源。雖說有些不甘心，但如果易地而處，他不得不承認很難做得比尤萊亞更好，或許正因為如此，塞德里克才會躊躇不前。

「你可以的。」

「咦？」塞德里克腦中亂糟糟的，沒想到自己低聲的嘟囔竟會得到答覆，而且態度篤定。

「別擔心，能夠這麼想的你，已經具備成為好國王和好父王的要件。」

塞德里克與昆汀對視一眼，自嘲地笑了笑，「我和父王還差得遠呢。」

「這不是必然的嗎？」昆汀再次語出驚人，塞德里克一怔，還來不及做出反應，就聽見男人接著說道，「畢竟你們之間的時間和經驗落差那麼大，但你一定會逐漸追上他，超越他。」

「你這是哪來的自信……」塞德里克忍不住低笑出聲，幾乎要被伴侶理所當然的語氣說服。忐忑不會因為一席話消失，但無可否認昆汀這些話確實起了作用。反握住昆汀的手，塞德里克傾身靠近，將臉埋進男人肩窩。闔上眼平心靜氣地感受男人的體溫和氣息，他才驚覺自己對此有多麼想念。

「里奇，我能摸摸他嗎？摸摸寶寶。」相依偎的兩人耳鬢廝磨氣氛正佳，就聽見煞風景的提問響起，「我想和寶寶打招呼。」

塞德里克迎上龍騎士既興奮又期待的目光，終究捨不得拒絕，拉起男人的手掌貼上自己覆蓋薄薄一層肌肉的平坦腹部，「不過醫官說寶寶只有四個多月，外觀看不出來，也還沒有胎——

咦？」

還未說明完，掌心之下竟忽然傳來陌生的觸感，就像是肚皮裡頭有什麼正試圖與外界互動，力道不重卻十分清晰。塞德里克一頓，語尾戛然而止。

「他剛剛是不是——」

瞪大眼，與昆汀對視的塞德里克同樣一臉詫異，「他動了！寶寶他、他真的存在……」

「寶寶是在回應你，他可是你的孩子，會像里奇一樣聰明伶俐。」

初次感覺到孩子存在的證明，塞德里克最後一點遲疑登時一掃而空，取而代之的是滿心悸動和感動。王儲的責任並不止於國政，養育未來繼承人的任務同樣重要。塞德里克抬起頭不再迷惘，「吶，我決定了。」

「決定什麼？」

「延後登基的時間。」

「可是你努力了那麼久，不就是為了那一天？」昆汀一臉錯愕，顯然沒有跟上塞德里克的思緒。

「我有更重要的事情要做，而且可不打算浪費時間，這段時間還得繼續向父王偷師呢。」

起跑點不同，不被看好有何妨，資歷尚淺落在後方又何妨。此時的休息並非懈怠，而是為了累積經驗，藉以精進的一種手段。想通的塞德里克笑得很燦爛，祖母綠色的眼底異常澄澈。

——番外1〈王儲的責任〉完

Quentin Nestor × Cedric Diallos
NORTHERN EMPIRE
番外2
王儲的夜間訪客
Northern Empire
Crown Prince & Dragon Knight

「喀、喀、喀、喀——」

萬籟俱寂的夜晚，鐵靴敲擊地面的規律腳步聲顯得格外清晰，這是夜巡的騎士正盡責地穿梭於占地寬闊的城堡。如果男人在此時仰頭，便能憑藉銀白的月光，瞧見一抹人影正悄聲無息地透過陽臺溜進王儲寢宮。

身為闖入者，棕髮男人不僅不見慌亂，甚至熟門熟路地將重新闔上的窗扇落鎖。而在寢宮恢復成密閉空間的瞬間，昆汀隨即察覺異狀。飄散於空氣中的腥甜氣味雖然並不濃郁，卻騙不了嗅覺敏銳的龍騎士，早已不是未經人事的孩子，他當然清楚什麼情況會產生這種羶臊氣味。

昆汀無聲地勾起嘴角，將褪下的外袍擱置一旁，緩步走向看似一切正常的床榻。他佇立在床邊，盯著被褥隆起的位置看了好半晌，見其始終一動也不動，索性傾身將手探入其中。

摸黑探索，指尖率先觸上的是腳趾和腳背，接著是得以一手盈握的腳踝，故意輕搔那處只覆蓋了薄薄肌膚的關節，便感覺對方渾身一震，隨即傳來小幅度的顫抖。

見塞德里克仍舊佯裝淡定，昆汀低聲一笑，手掌沿著滑膩的肌膚不客氣地一路向上，從小腿撫過膝窩，在越發明顯的顫抖中來到同樣光裸的大腿，眼見腿根即將失守，裝睡的男人總算清醒了。原先緊緊掩住全身的被褥猛地由內掀開，隨之響起的是似嗔似惱的喝斥，「大膽淫徒，竟敢擅闖王儲寢宮！」

「什麼都還沒做呢，殿下怎麼知道我別有企圖。」

「沒有企圖還不把手拿開！」

昆汀沒有鬆手，而是將男人踢蹬的腿握得更緊，「可是我聞到一股氣味，想找出來源。」

「沒有啊，什麼味道？我沒有聞到。」

目光掠過面色微微透出臊紅卻還在裝傻的塞德里克，昆汀笑意更甚，「有啊，有點甜膩，有點熟悉，味道好像是……從被子裡傳出來的。」說著昆汀一把扯落礙事的被褥，空氣中若有似無的情欲氣味頓時變得濃郁。

「喂，你做什麼！」

俯身欺近多日不見的伴侶，昆汀直勾勾盯著那張即使端詳無數次依舊為之驚豔的精緻面容，視線依序描繪過眉眼輪廓，最後落在一開一闔的薄唇。看著看著他終究忍不住伸出手，揉弄唇瓣的拇指甚至順勢探了進去，試圖追逐裡頭的殷紅軟舌。

這番動作隨即引來不滿的回擊，對上一雙閃爍著不滿的綠眸，昆汀卻笑了。抽回留有咬痕的手指以唇舌取而代之，來不及說出口的抗議被吞沒，只餘下相互交纏的曖昧水聲和黏糊糊的鼻音。

半分鐘過後，交疊的唇瓣好不容易拉開距離，昆汀故意咂了咂嘴，裝模作樣地皺眉，「雖然很香，但味道的來源不是這裡。」

「就說沒有味道了，喂，你唔……」

不顧塞德里克阻攔，昆汀沿著男人的頸部線條舔吮而下，刻意隔著輕薄的裡衣在胸口處流連又咬又啃，見不堪折磨的乳尖可憐兮兮地紅腫挺立才咕噥著搖頭，「也不是這裡。」

「夠了，你別弄哼……」

昆汀執起塞德里克看似掙扎卻沒使勁推拒的手湊近唇邊，在能夠感覺到清晰脈搏的腕部印下一吻。同時間兩人的目光在空中相觸膠著良久，直到掙扎的塞德里克彆扭地躺下，紅著臉別開目光。

兩人彷彿進行了一場無聲的對話，獲得默許的昆汀再次伏下身，這一回親吻憐愛地落在王儲越發明顯的腹部。

「也不是寶寶。」昆汀抬頭對塞德里克眨了眨眼，拖長語調，「嗯，不過味道好像越來越濃了，里奇你聞到了嗎？」

「沒有。」

聞言昆汀勾唇一笑，並不打算繼續縱容塞德里克的欲蓋彌彰，而是一把扳開伴侶緊緊併攏的雙腿，擠身湊近隨之裸露的陰莖與陰道，故意抽了抽鼻頭做出嗅聞的動作，「果然沒錯，就是這裡！」

「混蛋哼，嗯……」即便沒有親眼去看，塞德里克也可以感覺到男人生了厚繭的手指是如何貼著自己早已溼潤的裂口來回揉弄，敏感的陰穴禁不起撩撥連連收縮，甚至不知羞恥地將外頭作亂的手指含了進去。

「裡頭都溼了，我是不是不小心擾了殿下的興致？」

「閉嘴……」聽聞揶揄，塞德里克羞惱地瞪了男人一眼，卻禁不住快感的誘惑，昂起頸項低吟著扭動腰肢，既像是要躲開手指帶來的刺激，又像是要渴求更多，「哼，唔還要……深一點……」

搭在昆汀頭頂的手反覆握緊又鬆開，塞德里克大開的雙腿因為情動不自覺向內收攏，勾著男人的寬厚上背肌磨蹭，那動作就像是將身形高大的龍騎士困在其中。

塞德里克懷孕至今已經二十四週，嚴重的妊娠反應終於緩解，取而代之的卻是另一種惱人症狀。比起早先總是直犯噁心、頭暈目眩的情況相比，貪歡嗜欲或許根本稱不上問題。只是身為攝政王的伴侶長時間不在北之國，不願夜夜忍受燥熱焚身當然得想辦法自力救濟。

為了解決強烈欲求，塞德里克多數情況下會訴諸雙手草草解決，但某些時候卻不是這麼容易就能打發。一如今晚，即使陰莖已經射過一回，體內空虛仍不見消退，翻來覆去不堪其擾的他只好求助於情趣道具。

那是根灌注了魔力的棒狀物，柱身直徑不算粗，材質與擴張用的晶球相似，同樣是半透明，開啟後可以自行震動，無需使用者手動操作也能達到持續刺激的效果。

雖已嘗過情欲滋味，但塞德里克向來不樂意使用那些冷冰冰的道具，這回好不容易做足心理準備，正咬著下唇不甚甘願地試著將棒狀納入體內，就聽見陽臺外傳來不合時宜的響動。他嚇得瞪大眼，連忙將來不及發揮作用的棒狀物抽出隨手一扔，顧不上穿褲子，只來得及拉起被褥將自己從頭到腳裹得密不通風。

果不其然不速之客正是提早返城的昆汀，只是塞德里克沒想到男人不僅透過氣味識破真相，甚至又親又摸撩撥得自己渾身燥熱，因為孕期而重欲的身體幾乎是迫不及待地起了反應。

完全勃起的肉莖高高翹起，前不久自行擴張過，此時正吞吐著男人手指的陰阜溼透了，內壁貪婪地抽搐吸吮，本能地渴求更多更深的進犯。

自己這般情潮氾濫的模樣昆汀不可能沒察覺，但男人只是規規矩矩地抽送手指，時不時低頭舔吮脹大的莖身，或吸一口頻頻淌出液體的頂端。別說是消火了，理智都快被欲火燃盡，昆汀卻始終執著於手上的動作。

「進來，昆汀你進來……」強烈的空虛由未被完全填滿的甬道不斷蔓延，嘗過極致的快感，食髓知味的身體當然不會滿足於這種程度的刺激。塞德里克撐起上身，催促似的輕扯男人的頭髮。然而不管如何叫喚，昆汀依舊恍若未聞，急性子的王儲不悅地瞇起眼沉下聲線，「你確定不進來？」

「醫官說你不宜劇烈運動。」

「那我自己來。」昆汀的答案無疑點燃了塞德里克的怒火，金髮王儲氣惱得將男人一把推開，隨即趴在床緣，伸長了手試圖去撈剛才慌忙甩落在地的道具。

眼見氣頭上的塞德里克真的試圖將外觀陌生的道具往體內送，昆汀連忙伸手阻攔，「里奇，別這樣。」

「放手。」

「里奇……」

「怎麼？我自己運動也得經過你的同意嗎？」

「我擔心你，也擔心寶寶。」聽聞塞德里克氣呼呼的質問，昆汀趕緊將伴侶摟進懷中，胸口貼著男人的後背，手掌貼上渾圓的腹部來回摩挲，既是在安撫鬧彆扭的王儲，也是同時安撫不知有無受到驚擾的孩子。

美色當前，面對如此直白的求歡，禁欲多個月、下體同樣被褲襠勒得生疼的昆汀何嘗不想滿足彼此，只是顧忌於塞德里克的身體狀況，他確實不敢輕舉妄動。

「寶寶已經六個月大，醫官說懷孕中期可以適度進行性行為。」

男人所言昆汀都理解，只是能不能放寬心卻是另一回事。「可是唔——」他還欲多說，然而雙頰卻被塞德里克一把捏住，未完的拒絕被迫戛然而止。

「我說了可以，自己的身體是我說了算還是醫官說了算？」塞德里克或許以為自己的眼神足夠懾人，然而盈滿水氣的綠眸看上去楚楚可憐，眼尾漫開的緋紅襯托著黑痣，顯得既綺麗又鮮活。

塞德里克的性格雖然強勢卻不至於不講理，或許是受到孕期影響，脾氣來得快去得也快，不過幾句對話的時間，剛才還高漲的氣焰已經軟化不少，「我有說錯嗎？而且你明明也硬了。別裝傻，都抵著我了。」

「沒錯，都是殿下說了算。」禁不住死纏爛打，昆汀暗嘆了口氣，終究在伴侶的注視中敗下陣來。

「既然如此還不快點？還要我自己動手嗎？」

「我這就伺候殿下。」聽聞理直氣壯的催促，昆汀不禁啞然失笑，「但是別摸了，已經夠硬了。」他傾身含住塞德里克的耳垂，嘟囔著拉開在胯下胡亂摸索不知是在脫衣服還是在點火的手。

「我可以幫你。」

「幫我什麼？」

「摸摸它，讓它舒服啊。」

「小壞蛋，別一直撩撥我。」垂眸看了一眼正在微微收縮的豔紅肉縫，昆汀難耐地嚥了一口唾沫，伸手撈取常備於床頭邊的脂膏挖出一大塊，然後探向男人後頭的臀縫。

「咦，為什麼？前面已經可以嗯、唔……」

「我不想傷到寶寶，用後面好嗎？」

雖然肛交屬於婚前性教育課程的範疇，但這是昆汀初次使用後穴，畢竟一直以來求子心切，當然不可能有在陰道內射精以外的選擇。如今胚胎雖已穩定，但首次當父親的昆汀還是有無止盡的擔憂和顧慮，若非禁不住塞德里克的撒嬌，也不會出此下策。

只見塞德里克撇了撇嘴，顯然對於這個答案有些不滿，但終究沒有拒絕，語氣似威脅也似撒嬌，「不准弄痛我。」

「好。」昆汀收攏胳膊，將往自己懷裡倒的伴侶摟得更緊一些。

即使轉眼已經數年過去，昆汀仍忘不了兩人結婚當晚的景況。當時的王儲更加衝動不服輸，也不管幼嫩的花穴還無法適應，一心一意就要將粗大的肉刃插入，結果自然是因為擴張不足見了血。即使只是回憶，他依舊為渾身顫抖的伴侶感到心疼和自責，而今說什麼也不會讓舊事重演。

若是依循相關的章程規範，王儲應該日日使用晶球擴張，避免在性事過程中受傷，但昆汀早已摸透塞德里克的個性，清楚男人必然不可能乖乖如安德森所言，所以動作十分小心。手指先在肉粉色的入口處揉弄打轉，直到稍稍軟化才試探性地潛入一段指節，果不其然未經人事的甬道裡頭十分緊緻。

「你啊。」昆汀語氣無奈，在男人頸根輕咬了一口。

「哼，唔……反正也不會用到……」

「現在不是用到了嗎？」按住胡亂扭動的塞德里克，昆汀耐著性子，往溼熱的臀穴又加入一根手指。

「反正不是有你嗎……」

男人無心的嘟囔聽在昆汀耳裡卻是求之不得的珍寶，被交付的全然信任沉甸甸的，既熾熱又燙手，卻怎麼也不願意鬆開。

「對，一切有我。」昆汀低頭吻了吻男人的臉頰，聲調輕柔，「會痛嗎？」

「嗯，有點奇怪……好脹……」昆汀一頓，下意識萌生退意，然而根本還未來得及表態就被塞德里克察覺，隨即收穫一記狠瞪，「不准停下！」

後穴曾被老管家逼著以晶球擴張過幾次，實際被他人觸碰卻是頭一回，那是種難以言喻的悶脹感，不痛但有些彆扭。塞德里克皺著眉頭，強壓下逃開的本能，配合昆汀的動作調節呼吸，好讓在體內開拓的手指進得更深。

「嗯，哼……啊！」也不知甬道內何處被揉壓，陌生的快意便電流似的漫開，逼得塞德里克猛然顫抖，驚呼脫口而出。

「那裡，好棒……」他後仰著躺在男人懷中，從手足末梢甚至到髮絲，全都因為陌生的刺激感到歡愉，「哈、唔……還要……」

若在過去，厭惡失去自控能力的塞德里克必然會為此感到害怕，並選擇逃避。但如今曾經的陌生人成了得以依賴的對象，在昆汀面前他學會坦率享受性愛，更學會循著本能索求。「進來，可以了……」

「可是——」

「已經四根手指了吧，還等什麼？」挑起眉頭，塞德里克直勾勾盯著昆汀，沒讓對方有退縮的機會。

「會痛我們就停止，好嗎？」

塞德里克並未言語，只是護著肚子跪趴在床上，往男人的方向翹起臀部。回過頭，一如預期，映入眼簾的是已然心動卻還在遲疑的龍騎士。他看向對方暈開水痕的胯下，故意微微敞開雙腿，向男人坦露兩處早已迫不及待的溼潤穴口。

望著昆汀臉上青紅交錯的表情，塞德里克笑著扭動腰臀，同時伸手掰開兩瓣臀肉，無聲地釋出誘惑。曝露於彷彿帶有實質溫度的灼熱視線下，他低喘著，雖然感到羞窘，卻也感到無比興奮。

昆汀呼吸一滯，幾乎是瞬間就被近在咫尺的美景奪去心神，塞德里克本就長得極為標誌，寬肩窄腰、翹臀長腿無一不缺，加上此刻擺明誘惑的姿勢，昆汀雙眼一眨也不眨，根本捨不得錯過任何一個剎那。

待到反應過來，他才發現自己不知何時已扯開礙事的褲襠，手掌掐住塞德里克彈性十足的臀部揉捏，而怒張的勃發正逐漸撐開肉粉色的穴蕾，同時擠出男人體內化開的脂膏。

只見濁白液體從穴口的縫隙滲出，再沿著會陰滑落，那畫面確實淫靡得過火。昆汀被甬道緊緊箍住的性器頓時脹大一圈，引來塞德里克一聲低吟，「哼嗯，怎麼又變大了……」

「里奇，放鬆，別夾那麼緊。」到這種時候，就算昆汀再想撤退也沒有足夠的自制力。他喘著粗氣，只能一邊撫弄塞德里克因為疼痛而軟下的陰莖，一邊放慢入侵的速度。前進一些再退出一些，待到感覺男人緩過氣才又前進一些，如此反覆，粗長柱身總算完全埋入溼熱的甬道。

「全部進去了。」長舒了一口氣，昆汀連忙俯身親吻伴侶雪白的後頸，「里奇，還好嗎？」

「嗯，有點脹……」

聽聞此話，昆汀高懸的忐忑總算落了下來，背後式角度雖看不見塞德里克的表情，但能夠從肩胛緊繃的程度分辨男人的確適應良好。也就是這一瞬間的愣神便招來抱怨，「你別愣著，動一動，摩擦剛才那裡……」

「是，謹遵殿下命令。」放心下來的昆汀忍不住低笑出聲。

笑鬧間眼尖地察覺塞德里克似乎逐漸沉下腰，他連忙攬著跪趴的伴侶側身躺下，又將枕頭墊在日益加重的肚子下方，這才拉起男人的腿架上肩頭，開始小幅度擺胯。彷彿自己胯下的性器並未叫囂著亟欲抒發，昆汀垂眸盯著塞德里克，貫穿後穴內的力道既和緩又平穩。

「嗯，啊！」

耐著性子不斷嘗試，昆汀總算找到了躲在深處的敏感點，塞德里克驀然拔高的嚶嚀令他精神為之大振。俯身吻上王儲泛紅的眼角，昆汀將手指卡進男人的指縫間，再次挺腰往同一處頂弄，「這裡嗎？」

「對，那裡再來……嗯唔，好舒服……」

確定了對方最有感覺的位置，昆汀沒有故意吊胃口，每次的撞擊都精準地搗上該處，一下又一下惹來內壁更加劇烈的收縮。這無疑也對他造成刺激，匯聚於下腹的熱流顯然不滿足於此時隔靴搔癢般的溫情，正翻騰騷動，鼓譟著想要更多。

昆汀當然清楚怎麼樣能填補那貪婪的欲望，想要更快、更猛、更使勁地馳騁，然而比起強風暴雨似的索求，他希望這場性愛讓伴侶感到溫柔和歡愉。

「哼，唔……太多了……」只見面色潮紅的塞德里克昂著腦袋，隨著昆汀每一次的深入，發出斷斷續續的甜膩呻吟。

「我動得太快了嗎？」

昆汀正思考著調整進犯的步調，沒料塞德里克只是悶哼著搖了搖頭，「太舒服……嗯，昆汀，我想射……」一雙翡翠色眸瞳氤氳著水氣霧濛濛一片，黏膩的鼻音讓昆汀心軟得一塌糊塗。

「好，射吧。」昆汀側過臉在男人小腿肚上落下點點碎吻，小幅度加快腰胯抽插的速率，將瀕臨臨界邊緣的伴侶送上高潮。射精時若體內持續遭受刺激會對承歡者造成不適，因此當塞德里克開始蜷曲著腳趾攀上巔峰時他便退了出來。

「累了嗎？」躺在塞德里克身旁，昆汀摟住沉浸在高潮餘韻中的男人附耳上前。

「不累。」

「但寶寶累了。」

「寶寶好得很，還能再來一次。」

清楚塞德里克是顧及自己，但昆汀卻沒打算理會胯間那尚未饜足的欲望，只是笑了笑，佯裝沒有聽聞。瞧見綠眸之中的睏意他卻沒點破，而是伸手貼著塞德里克的背脊來回拍撫，故意扯開話題，「對了，名字的事和陛下說了嗎？」

「還沒。」

「怎麼了，還是不滿意嗎？」

「不，我只是需要再想想。」

「要想什麼？」

「名字可是一輩子的事，當然要……」

「嗯？」發現話說到一半的塞德里克忽然沒有動靜，昆汀困惑地垂眸，果不其然歷經一番折騰的王儲已經靠在自己懷裡，闔上雙眼累得沉沉睡去。見狀他不由得彎起嘴角，撥開男人額前被汗水打溼的髮絲，將唇印了上去，「晚安，我的王子。」

接著又將手掌小心翼翼地覆上塞德里克已然份量十足的腹部，「還有我的小王子。」或許是父子連心，這番舉動竟換來不甚明顯的騷動，孩子彷彿是隔著肚皮在與男人打招呼。

†

時值午後，塞德里克應邀來到空間敞亮的植物園，然而當挺著肚子的王儲踏入玻璃花房時，卻沒在備妥桌椅的位置瞧見尤萊亞。他在侍者指引下舉步走向花房深處，過程中途經各種或熟悉或陌生的花卉，最後在已然綻開不少異色風鈴草的角落見到兩抹相偕而立神態親暱的身影。

「父王、父親。」

「來了，昆汀呢？」

「剛才來的路上我打了個噴嚏，他堅持孕期吹不得風，所以折回去替我拿衣服了。」憶及不久前的小插曲，塞德里克有些無奈。

「那孩子是心疼你。」

「我可是在北方長大的，哪裡那麼容易著涼。」咕噥著抱怨，塞德里克卻控制不住爬上眼梢的笑意，「父王今天怎麼有興致賞花？」

「春天到了，前幾天聽說似乎有些花快開了，想來看看。」

「風鈴草的花季是春天，現在就開早了點吧？」

「這花朵顏色本來就特殊，開花時間不合群也不奇怪。」

「花不大，脾氣倒是不小。」

風鈴草的顏色眾多，但多是藍、紫、白、粉幾種，塞德里克目光落在跟前金燦燦的鈴鐺狀花朵，不自覺彎起嘴角。

「最近怎麼樣？」

「蓋爾家族因為康納扛起全部責任保留下來，但男爵對於兒子被處死一事耿耿於懷，我認為是需要注意的隱患。」想也不想，塞德里克張口便答。怎料沒有等到尤萊亞的點評，卻見男人低笑出聲，他這才困惑地眨了眨眼，「咦，怎麼了嗎？」

「我是問你和還沒出世的小王子狀況如何？」

塞德里克有些侷促地別開目光，將手輕輕擱上腹部，「每到晚上就不安分，睡個覺都不得安寧。」

「看來是活潑的個性。」

「也不知道像誰。」抱怨雖抱怨，塞德里克眼底卻難掩喜色。

「名字取好了嗎？」

「這可是個世紀難題，為了這件事我已經失眠好幾個晚上了。」

「這點你倒是像到托爾。」

看了眼並未反駁的托爾，塞德里克忍不住出聲揶揄，「言下之意，我的名字也是父親失眠的產物了，確實是值得紀念的傳家寶。」

此話一出三人都笑了起來。回顧數個多月前，塞德里克必定不會料到此時的日子能夠如此愜意。

當時尤萊亞對外宣布即將退位，急於證明能力的塞德里克將自己逼得很緊，加上小生命意外造訪，來自身體與心靈的雙重壓力幾乎將倔強的王儲壓垮。所幸在昆汀陪伴下，塞德里克歷經一番調適，如今肚子日益膨起，肩上的重量雖不變，心頭卻踏實不少。

「說到什麼了，都笑得這麼開心？」突然插入對話的是一道沉穩的男聲，正是姍姍來遲的昆汀。

「說到寶寶的名字。」塞德里克乖順地仰起頸項，任由男人為自己繫上厚實的狐裘披風。

「陛下和殿下覺得叫諾恩不好嗎？」

聞言塞德里克瞇起眼，斜瞪了打亂自己步調的伴侶一眼，「很好，你成功破壞了我的驚喜。」

「抱歉，我沒想到你還沒說。」

「來不及了。」

兩人這頭正打情罵俏地鬥嘴，便聽沉吟半晌的尤萊亞突然說道：「諾恩……象徵著命運，是個好名字。」

「對吧，父親覺得如何？」獲得認同的王儲雙眼一亮，樂不可支地望向托爾。

「很好。」

「父親是真的誇我，還是看在父王面子上勉強接受？」

只見向來嚴肅的親王面色凝重地考慮良久，最後一本正經頷首，「都有。」

冷面笑匠開起玩笑，引起的迴響就是不一樣，塞德里克捧著肚子，笑得幾乎直不起腰。

「對了，聽說最近這幾次昆汀都是半夜回來？前陣子普利莫才在和我抱怨夜間巡防有漏洞。」

突如其來的話題讓毫無防備的塞德里克一怔，昨夜熱辣的場景浮上腦海，心虛之餘不由得脫口而出：「可能是奈斯特王國政務繁忙，才耽擱了出發時間。」

「因為我歸心似箭。」只是沒想到昆汀也在同時搶答。循聲望了過去，塞德里克知曉男人所言不假，但由藍眸之中一閃而逝的侷促來看，昆汀顯然也憶及了不久前的旖旎。

「所以到底是早了，還是耽擱了？」

這一回，面面相覷的塞德里克與昆汀有默契地選擇沉默。原先分明是再單純不過的理由，但搭配兩人欲蓋彌彰的反應，就算解釋得再多，也洗脫不清別有用心的嫌疑。

——番外2〈王儲的夜間訪客〉完

——《北之國—王儲與龍騎士—》全系列完

Quentin Nestor × Cedric Diallos
NORTHERN EMPIRE
後記
Northern Empire
Crown Prince & Dragon Knight

安安各位好，這裡是莫斯卡托。

媽我做到了，《北之國—王儲與龍騎士—》陸陸續續寫了一年多，度過無數個熬夜，終於結束啦！！！

很高興朧月和編輯給我這個機會，讓一時興起的腦洞可以更加完整。

最初《北之國》只是想寫瑟瑟才冒出來的腦洞短篇，結果短篇不斷增生，也意外收成了一本短篇集。

在劍與魔法的奇幻世界中，有一個視雙性為理所當然的國度，為自己身為雙性而驕傲的王族，為了順利延續血脈，在婚前就要用道具自己調教前後兩個小穴什麼的光想就好辣好棒好美好（擦鼻血）

世界觀中最早出現的其實是小王子諾恩的CP，但對象是誰請容我保密，有興趣的人可以去找短篇集《北之國》來看，裡面同樣也收錄了塞德里克和昆汀的短篇，沒有權謀，沒有計策，只有瑟瑟wwww

在寫短篇時就已經對《王儲與龍騎士》有粗略的架構，當時就想著有機會一定要好好交代傲嬌王子和忠犬龍騎士先婚後愛的故事。

簡單來說故事劇情不複雜，就是相看兩厭的兩人婚後有性無愛，但冒險過程中日久生情，雖然有了大方向，但實際下筆卻是各種碰壁。

有別於瘋狂灑糖的甜蜜短篇，加入打仗和謀反劇情，要和反派各種鬥智鬥勇的正劇真的超困難啊啊啊！！！

於是每天都面無表情地面對稿子，一邊寫一邊覺得腦汁快乾枯XD

為此大綱正骨了兩三次，超感謝編輯在過程中給了很多我從沒想過的建議，讓痛苦趕稿的我感覺不孤單QQ

雖然過程很痛苦，但可以把塞德里克和昆汀逐漸成長的過程寫出來真的很開心，不論是寫小倆口鬥嘴調情，還是寫國王爸爸尤萊亞出來放閃搶戲，或是寫好幾次被龍騎士出賣來討好伴侶的工具龍雷因，全都很歡樂很愉快！

希望大家會喜歡個性彆扭的小王子和時不時犯傻的龍騎士，也希望他們有機會再和大家見面ww

另外一定要提一下，變種水母老師繪製的封面和立繪真的有夠美啊！！！

趕稿途中看到美圖的當下就像是被牧師瞬間奶了一口，血條原地回滿，精力充沛可以再戰三百回合！！！

我圓滿了，感謝變種水母老師，也感謝編輯（躺平）

你們快看啊！

看看那可以輕易扛起重劍、不說話就非常帥氣的龍騎士，看看那目中無人、纖腰窄臀的美豔小王子，還有看看那超美好的體型差和膚色差！

在床上絕對可以這樣又那樣讓小王子欲罷不能！！

咳，除了瑟瑟，最最最喜歡的就是角色的眼睛，一個是沉靜的大海，一個耀眼的碧綠，像是要被吸進去，會忍不住一直盯著看

總之能夠完成這次的本本真的很開心，感謝總是聽我哀號的朋友們，陪伴我度過各種卡稿難關。

最後感謝看到這邊的各位，有任何想法都請和我說，讓我知道我的性癖不孤單XD

希望我們下次再見！！

再次熬夜的莫斯卡托

高寶書版集團
gobooks.com.tw

FH066

北之國—王儲與龍騎士—（下）

作　　者　莫斯卡托
繪　　者　變種水母
編　　輯　薛怡冠
校　　對　賴芯葳
美術編輯　林鈞儀
排　　版　彭立瑋
企　　劃　李欣霓

發 行 人　朱凱蕾
出　　版　朧月書版股份有限公司
　　　　　Hazy Moon Publishing Co., Ltd.
地　　址　臺北市內湖區洲子街 88 號 3 樓
網　　址　www.gobooks.com.tw
電　　話　(02) 27992788
電　　郵　readers@gobooks.com.tw（讀者服務部）
傳　　真　出版部　(02) 27990909　行銷部 (02) 27993088
郵政劃撥　19394552
戶　　名　英屬維京群島商高寶國際有限公司臺灣分公司
發　　行　英屬維京群島商高寶國際有限公司臺灣分公司
初版日期　2023年6月

國家圖書館出版品預行編目(CIP)資料

北之國：王儲與龍騎士 / 莫斯卡托著 . -- 初版 . -- 臺北市
：朧月書版股份有限公司出版：英屬維京群島商高寶國際
有限公司台灣分公司發行 , 2023.06
　面；　公分 . --

ISBN 978-626-7201-67-1(上冊：平裝). --
ISBN 978-626-7201-68-8(下冊：平裝)

863.57　　　　　112005888